ハヤカワ演劇文庫
〈45〉

別役 実
II
ジョバンニの父への旅
諸国を遍歴する二人の騎士の物語

MINORU BETSUYAKU

早川書房

8263

目　次

ジョバンニの父への旅
諸国を遍歴する二人の騎士の物語

別役 実 II

ジョバンニの父への旅

——「銀河鉄道の夜」より——

登場人物

男1（ジョバンニ）
男2（ザネリ）
男3（カムパネルラ）
男4（ジョバンニの父）
男5（カムパネルラの父）
男6（先生）
男7（印刷屋の主任）
女1（カオリ）
女2（ジョバンニの母）
女3（牛乳屋の婆さん）
女4（ジョバンニの姉）

(一)ハンカチが手品をするの巻

舞台下手に、線路際に立っているような信号機。中央に、やや古びた素朴な改札口。天井から、針が折れ、停ったままの時計が下っている。改札口の手前、やや上手寄りにベンチ。灰皿。全体に、廃墟のようなガランとした印象。大きなトランクとコーモリ傘を持った男1が現われ、改札口に誰もいないのを確かめ、時計を見上げ、壊れているのに気付いて自分の腕時計を見、それからベンチに坐る。
ほとんど同時に、赤んぼをおぶい、買物袋を下げた女1が、かすかに子守歌を歌いながら、ゆっくり通りかかる。途中で赤んぼをしょい直して、白いハンカチがはらりと落ちる。男1、気付く。

男1　もしもし……(指して)ハンカチが落ちましたよ……。

女1　すみません……（拾って）いつもこうなんです。いろんなところにいろんなものがひっかかっていて……。（気付いて）でも、これ私のじゃありませんわ……。

男1　（落す）

女1　そうですか、今、そこから落ちたみたいだったんですけどね……。

男1　あなたのじゃありません……？

女1　いやいや、だって、今ですからね。何かしらこれ、あなたのそのあたりから……。

男1　ネームが入ってるんです……。ジョ……。ジョ、何んとか……。

女1　（近付いて、拾って見て）ジョバンニ、ですかね……。（返す）

男1　あなた、ジョバンニさんじゃないんですか……？

女1　違います。ともかくそれは私のじゃありませんよ。私のは、だって……（ポケットを探すが、ない）どこか……レインコートのポケットに入ってるはずです……。

男1　それじゃ、これ、いただいてかまわないんですか……？

女1　どうぞ。少なくともそれは、あなたがお持ちになってたものですから……。

男1　ありがとうございます。大切に使わせていただきますわ……。

女1　ええ、でも……。

女1、ゆっくり去る。男1、振り返ると、帽子のテッペンに小旗を立て、手にも何本か持った男2が、松葉杖をついてその寸前にやってきたと見え、ベンチに坐っている。

男2　やあ、どうも……。
男1　どうも……。（ベンチに坐る）
男2　どうでした……？
男1　どうでしたって、何がですか……？
男2　（女1の去った方を示して）何か話してたじゃないですか……。
男1　ああ、ハンカチを落されましたのでね、落ちましたよって……。
男2　よくある手です……。
男1　何ですか、その、よくある手って言うのは……？
男2　だって、そのハンカチはあなたのものだったんでしょう？　それをあのあたりに置いといて、落ちましたよって……。
男1　何を言ってるんですか。本当にあの人が落したんです。現に私は見たんですから、あの人が落すのを……。

男2　でも、ありがとうって言ってたじゃないですか、ハンカチもらって……。

男1　ですから、それはあの人が勘違いをして……。ともかく、私がそんなことをするわけないじゃないですか。少なくとも私のハンカチはここに……。（と、ポケットを探してみて）じゃなくて……。

男2　（ベンチからハンカチを拾い）これじゃありませんか……？

男1　ああ、これです。（受け取って）すみません。どこにありました……？

男2　ここに落ちてましたよ……。

男1　じゃあ、さっきここに坐った時に落したんです。でも、これでおわかりでしょう、私がそんなことしたんじゃないってことは？　私は持っているんですから、私のハンカチはね……。（ポケットの中に入れようとする）

男2　ネームを見て下さい……。

男1　何ですか……？

男2　そのハンカチのネームです……。

男1　ネーム……？　（読む）ザネリ……。

男2　ね、それは私のハンカチです。あなたがあの人にやったのと、同じ手ですよ。

男1　違います。

男2　何が違うんです……？
男1　だって、何故私がそんなことをしなければいけないんです？　わざわざ自分のハンカチを落して、落ちましたよなんて……
男2　話しかけるきっかけが出来るじゃありませんか……。
男1　馬鹿なことを言うのはよして下さい。
男2　じゃあ、そのハンカチはあなたのだって言うんですか……？
男1　そうじゃありませんよ。これは間違いでした。お返しします……。
男2　かまいません。お持ちになってて下さい。ないとお困りでしょうから……。
男1　あるんです……。（トランクを開けて）私は私のを持ってるんですから……。そうなんです……。（レインコートを出して）確かさっき、これのポケットに入れましてね、それを見れば、あなただって……。（なかなか見つからない）私がそんなことしなかったってことを……。
男2　いいじゃないですか……。私は別に責めてるわけじゃないんです……。
男1　（手をとめて）責める？　どうして責めるんです。私はやってないって言ってるんですよ、そんなことは。
男2　だから、私だって責めてないって言ってるじゃありませんか。ないんですか…

男1 ……？
男2 ありますよ……。（レインコートはあきらめて、別のものへ）これじゃなく……。
男1 レインコートのポケットにはなかったんですね……？
男2 ですから、レインコートのポケットになかった場合は（ズボンを取りあげて）このポケットにあるんです……。と言うのは、今朝ホテルを出るまでこれをはいてたからなんです、私は……。この……。（探す）
男1 あの人の御主人は行方不明なんですよ……。
男2 どの人です……？
男1 ですから、あなたが今話しかけた……。
男2 ああ……。
男1 あの人を見ると、みんなが話しかけたくなるのはそのせいなんです……。何となく、自分がその行方不明になった良人じゃないかって考えるんでしょうね……。あなたもそうですか……？
男2 （手をとめて）何ですか……？
男1 ですからね、あなたも自分があの人の行方不明になった良人かもしれないと考えて、話しかけたんですかって聞いてるんです、私は……。

男1　何度言ったらわかるんです、私は話しかけたりなんかしていません……。
男2　話しかけてたみたいでしたが……。
男1　いや、そうじゃなくて……、ですからハンカチのことは違うんです……。
男2　でも、ハンカチだってないじゃないですか……。
男1　ありますよ……。(ズボンをあきらめて)あるんです……。
男2　ズボンのポケットには入ってなかったんですね……?
男1　だからって、どうなんです。ズボンのポケットに入ってない場合は(上衣を取りあげて)このポケットに入ってるんですよ。こういう風に、順序を決めてひとつひとつ調べてるんですから、私は……。ともかく、ないわけはないんです……。あったんですから、確か……。
男2　お出迎えですか……?
男1　何です……?
男2　どなたかを、お出迎えにいらしたんですか、ここへは……?
男1　違います……。
男2　じゃあ、お見送りで……?
男1　お見送り……?

男2　ですから、あなたのオトモダチが旅へ出るのを、お見送りにいらしたとか……。
男1　そうじゃありません……。
男2　それじゃ、何をしてるんです、こんなところで……？
男1　何をって……？　（やや、ぼんやり）
男2　私は出迎えです……。二十何年ぶりかで帰ってくるんですよ、子供のころ一緒に遊んだオトモダチのひとりがね……。この旗も、そのために作ったんです、ゆうべひと晩かかって……。あいつが、あの改札口を通って出てきた時、これを振ってやったらきっと喜びますよ。「お帰りなさい」ってね。そして、心の底からふるさとに帰ってきてよかったなあって、気がすると思うんです……。ないんですか……？
男1　（やや気力を失い）あります……と、思いますけど……。（探しにかかる）
　黒いコーモリ傘をさし、黒い帽子をま深にかぶり、黒い服に身を包んだ男3が、ゆっくり通りかかる。舞台中央あたりで白いハンカチを落し、そのまま行きかけるが声がかからないので、立ちどまって振り返る。
男3　（ハンカチを指して男1に）落ちましたよ……。

男1　（男2に）何ですか……？
男2　落ちましたよって、そう言ってるんです、あの人は……。
男1　そんなことわかってますけど、あれは今、あの人が落したんじゃないですか……。
男3　（男1に）拾わないんですか……？
男1　拾う……？
男2　拾いなさい……。
男1　どうして私が拾わなくちゃいけないんです。何度も言いますが、あれは今、あの人が落したんですよ。
男2　あの人はただ、聞いてるだけです、拾わないんですかって……。
男1　拾いません……。私のじゃありませんから、あれは……。
男3　あなたのじゃないんですか、このハンカチは……？
男1　違います……。
男2　でも一応、調べてみた方がいいんじゃありませんか、ネームだけは……。
男1　だって、違うんですから。あれはあの人のものです。私のは現に……。
男2　なかったじゃないですか、レインコートのポケットにも、ズボンのポケットにも、上衣のポケットにも……。

男1、ゆっくり近付いて、拾う。

男3　読んでみて下さい、ネームのところを……。

男1　(読む)カムパネルラ……。

男3　私のです……。(受け取る)大切にしてたものですよ。昔、カオリという女の子にもらったものです……。かすかに、フリージャーの匂いがするのに気がつきましたか。この匂いを嗅ぐ度に私は、その時のことを思い出すんです……。ありがとう、あなたに拾っていただけなかったら、失くしてしまうところでしたよ……。(ポケットにしまう)

男2　どこへ行ってしまったんでしょうね、あなたのハンカチは……。

男1、気付いてそそくさとトランクにもどり、中から使い古しの茶封筒を取り出し、中身を床にあける。出てきたのは、靴下ばかり……。

男3　(ゆっくり近付いてベンチに坐り)私にも、その旗を一本振らせて下さい……。

男2　いいですよ……。（一本渡し）あなたもお出迎えですか……？

男3　二十何年ぶりかで帰ってくるんです、子供のころ一緒に遊んだオトモダチのひとりがね……。

男2　親友だったんですか……？

男3　親友でした……。

男1、あきらめてレインコートを着、荷物をトランクの中にしまいはじめる。

男2　私が待ってるのもそうですよ、親友だったんです。ジョバンニと呼ばれておりましてね……。

男3　そうです、ジョバンニです、確かそう呼ばれておりましたよ……。

男1　ジョバンニ……？

男3　あなたも待っているんですか、その人を……？

男1　いいえ、違います。私は待っているんじゃなくて……。

男2　この人は、お出迎えじゃないんです。

男3　じゃあ、お見送りですか……？

男1　お見送りでもなくてですね……。
男3　発つんだ、これから汽車に乗って……。
男1　ええ……。
男2　それとも、着いたのかもしれませんよ、今汽車で……。
男3　どっちです……？
男1　着いたんです……。いや、じゃなくて、発つんです、これから……。
男2　どこへ……？
男1　商売ですよ。私は、旅まわりのセールスマンをしておりまして……。
男3　だったら、どうしてジョバンニのことを知ってるんです……？
男1　知りません。私は知らないんですけどね、さっきここを通りかかった女の人が、ハンカチを落されまして、それに書いてあったんです、ジョバンニって……。
男2　(驚いて)あなたですか、ジョバンニは……？
男1　そうじゃなくて、そのハンカチのネームに……。
男2　だって、そのハンカチはあなたのでしょう？　あなたが落してあの女の人に拾わしたんですから……。
男3　この人ですか、ジョバンニは……？

男1　そうじゃないって言ってるじゃありませんか。ハンカチは、あの女の人が落としたんです。
男2　でも、あなたのハンカチはなかったんですよ、どこにも……。
男1　そうですけどね……。
　女1、かすかに子守歌を歌いながら、それとなく何かを探しながら、ゆっくり引き返してくる。舞台中央あたりで、買物袋の中をもう一度調べ、やっぱりないことに気付く。
女1　(男1に) さっき私、落しませんでした、このあたりに、ハンカチ……?
男1　ハンカチ……?
女1　(手で示して) こういう……、白い……、こっちの方にネームが入ってるんです、ジョバンニって……。
男1　……。
女1　大切なものなんです……。(探しながら) 私、大切にしますって、約束したんですから、その人に……。その、ジョバンニという人にそれをいただいた時……。白い、こういうあれですよ……、こっちの方に、ジョバンニってネームが入っていて……。

女1、探しながら去る。

男3 (立ち上って)あなたが拾ってあげたんですね、そのハンカチを……?
男1 ええ、それであの人に渡したんです……。
男2 もしかしたら、渡さなかったんじゃないんですか……?
男1 渡さなかった……?
男2 だって、あの人は今、持ってないって言ってましたよ……。
男1 どういうことです、それは……?
男3 ですからね、まだそのレインコートのポケットに入っているとか……。
男1 入ってるわけないじゃないですか、もうこれは何度も……。(言いながらポケットに手を入れてみる。出すと、手がハンカチを持っている)
男3 何て書いてあります、ネームのところに……?
男1 (読む)ジョバンニ……。(手から、ハンカチが落ちる)

男2　(それを拾って) ジョバンニです、あなたは……。

遠く、汽笛が鳴る。同時に、駅員の格好をした男4が、カンテラを下げてゆっくり改札口のところに現われる。

男1　あなた方は、誰です……。
男3　思い出ですよ、あなたの……。あなたは思い出したんです……。二十三年前、この街で暮して、私たちと遊んだ日のことを……。覚えていませんか、よく見て下さい、私はカムパネルラです……。
男2　私は、ザネリです……。あの星祭りの夜、水に落ちた……。
男1　何かの間違いですよ。私は、ここへははじめてです……。通りかかっただけなんですよ、商売の途中でね……。
男3　あなたは、帰ってきたんです……。
男1　よして下さい。(トランクを持ち上げて) 私はもう行かなければいけません。(駅員に) 来るんだね……?
男4　間もなくです……。

男1　私は、この汽車に乗るんです。商売ですよ。次の街へ行って、問屋をまわって、三星印の衛生ハブラシの注文を取って歩くというわけです。
男4　乗車券を……。
男1　(トランクを置き、帽子をとり、そこにはさんであった紙切れを渡す) そこが終ったら、またその次の街へね……。(トランクを持ち上げる)
男4　これは乗車券じゃありませんよ……。
男1　乗車券じゃない……？
男4　電報のようですね……。(読む) チチ、シボウ、スグ、カエレ……ハンナ……。

やや近くなった汽笛……。

男3　あなたは帰ってきたんです……。あなた自身は帰ってきたくなかったのかもしれませんけど、お父さんが亡くなったということになればね……。
男1　(男4の手から電報を受け取って読みながら) しかし……。
男2　その、ハンナというのは誰です……？
男1　私の……、お袋の名前ですが……。でも、私はこんな電報は受け取った覚えはないんですよ……。
男3　思い出して下さい……。あなたのカムパネルラですよ、あの夜、水に落ちて死んだ……。あなたの目の前で……。
男2　ザネリです。カムパネルラは、私を助けようとして死んだんですよ……。
男1　違いますよ。何かの間違いです、これは。(改札口を通ろうとして) 行かして下さい。もう来てるじゃありませんか。
男4　乗車券がなければ、ここは通れませんよ。乗車券を持っていなければ……。
男1　あれに乗らなければいけないんです。今夜中に次の街に着いていなければ、スケジュールがめちゃめちゃになってしまうんですから……。
男4　駄目ですよ……。
　　最後の方は、近づいてくる汽車の轟音にかき消されて、ほとんど聞きとれない。凄まじい音を立てて汽車、停車する。汽笛。男1、耳をふさいでうずくまる。
男4　あなたは今、この十三号列車で到着したんです、この街へ……。

突然、荘厳な鎮魂ミサ曲が湧きあがり、それぞれコーモリ傘をさした人々によってかつがれた柩が、ゆっくりと通りかかる。その後に、年老いて杖をつく女2と、それに傘をさしかける女4が続く。男5と男6が、やはりコーモリ傘をさして、その後に続く。

女2　(立ち止って)ジョバンニ、やっと間に合いましたね、お父様のお葬式に……。あなたのお父様は長い間無実の罪で監獄につながれ、そのままお亡くなりになったのです……。ジョバンニ、わかっておりますね、あなたはそのために……、お父様の無実の罪を晴らすために帰ってきたんですよ、この街に……。

再び、鎮魂ミサの大合唱が湧きあがり、葬式の行列はゆっくりと通りすぎる。男1だけ、ひとり残されて……。

《暗　転》

（二）子供たちは天文学を学ぶの巻

信号機はそのまま。舞台上手に、黒板が立ち、椅子が五脚、それに向い合って並んでいる。つまりここは、教室なのである。

黒板には、白墨で大きく、円と三角と四角が書いてある。

夕暮れ。空の高いところに月がひとつ、ぼんやり浮かんでいる。男4が、始業を知らせる鐘を鳴らしながら、舞台をゆっくりと横切って、消える。

下手から、男1と女1と男2と男3が、一場と全く同じ格好、同じ持物を持って現われ、それぞれの席に着く。ほとんど同時に、上手から、指示棒と白墨を持ち、眼鏡をかけた男6が現われ、黒板の前に立つ。

男3　起立……。

全員、立ち上る。

男3　礼……。
全員　おはようございます……。
男6　おはよう……。
男3　着席……。

全員、坐る。

男6　ここは、みなさんが最後の授業を受けた教室です……。みなさんは今、それぞれその時の椅子に腰掛けております……。この黒板も、その時のものです……。ではこれから、その時私たちが何を学んだか、思い出してみましょう……。カムパネルラさん……。
男3　はい……。（立ち上る）
男6　（円を指して）これは何ですか……？
男3　月です……。

男６　よろしい……。これは月です。お坐りなさい……。

男３、坐る。

男６　ザネリさん……。
男２　はい……。（立ち上る）
男６　（三角を指して）これは何ですか……？
男２　森です……。
男６　よろしい……。これは森です。お坐りなさい……。

男２、坐る。

男６　カオリさん……。
女１　はい……。
男６　（四角を指して）これは何ですか……？
女１　石です……。

男6　よろしい……。これは石です。お坐りなさい……。

　　女1、坐る。

男6　それでは、ジョバンニさん……。
男1　はい……。(立ち上る)
男6　(何も描いてないところを指して)これは何ですか……?
男1　夜です……。
男6　よろしい……。これは夜です。お坐りなさい……。

　　男1、坐る。

男6　そうでした、みなさん……。みなさんは思い出したのです……。昔、これは月でした……。これは、森でした……。これは、石でした……。そしてこれは、夜でした……。しかし、今はもう、そうではありません……。(円を指して)カムパネルラさん、これは月ではなくて、円です……。

男3　はい……

男6　(三角を指して) これは、森ではなくて三角です、ザネリさん……。

男2　はい……。

男6　(四角を指して) これは、石ではなくて四角です、カオリさん……。

女1　はい……。

男6　(何も書いてないところを指して) これは、夜ではなくてゼロです、ジョバンニさん……。

男1　はい……。

やや、間……。

男6　その昔、人々は月から円を発明しました……。次に人々は、森から三角を発明しました……。また人々は、石から四角を発明しました……それからまた人々は、夜からゼロを発明しました……これが、月に似ているのはそのためです……。これが、森に似ているのはそのためです……。これが、石に似ているのはそのためです……。これが、夜に似ているのはそのためです……。しかしもう、これらは発明されてしまったんです。後もどりは出来ないんです。（次第に激しく）これは円です。これは三角です。これは四角です。これはゼロです。もう、月でも、森でも、石でも、夜でもないんです……。（ゆっくりと落着きを取りもどして）これが今、円であることに哀しんでいるのは、そのためでしょう……。これが今、三角であることに哀しんでいるのは、そのためでしょう……。これが今、四角であることに哀しんでいるのは、そのためでしょう……。これが今、ゼロであることに哀しんでいるのは、そのためでしょう……。それでは……、（黒板の円と三角と四角を消しながら）最後にひとつ、問題を出します……。

男6、黒板に大きく「へのへのもへじ」を描く。

男6　この問題を解いて下さい……。（振り返って）これは何ですか、カムパネルラさん……？

男3　（立ち上り）それは……、（考えて）人の顔ではありません……。

男6　よろしい。確かにこれは人の顔に見えますが、人の顔ではありません。あなたは、問題を解くための方法と、その入口を発見しました。お坐りなさい。では次に、ザ男2　ネリさん、これは何でしょう……？
男6　(立ち上り) それは……、(考えて) 人の顔から、発明されたものです……。
　らでもなく、人の顔から発明されたものです。そして恐らく、他のどのようなものか
　ために、一歩前進しました。飛躍しました。お坐りなさい。では次に、カオリさん
　……。これは何でしょう……？
女1　(立ち上り) それは……、(考えて) それです……。
男6　その通り。よくわかりました。何故なら、これは全く、これとしか言いようのな
　いものだからです。これは、これです……。あなたは、問題をほとんど解いたと言
　ってもいいでしょう。お坐りなさい。では最後に、ジョバンニさん。これは、何で
　しょう……？
男1　(立ち上り) それは……、もしかしたら、それではありません……。
男6　よろしい。全くよろしい……。これは、これではありません。つまり、これはこ
　れでありながら、同時に、これであることを嫌っているのです。従って、これでは
　ありません……。おわかりですね、問題はすべて解かれました……。お坐りなさい。
　私たちは今、これはこれであり、同時に、これはこれでないということを理解した

のです。そしてこれが、これであることを哀しみ、同時に、これでないことを哀しんでいるのを知ったのです……。

男4が、終業を知らせる鐘を振りながら、ゆっくりと通り過ぎる。

男6　時間が来ました……。これで私たちの、思い出の教室を終ります……。あの二十三年前の、最後の授業の日がそうだったように、今夜もこの街の、星祭りの日です……。多くの死者たちが帰ってきます……。それらの人々と出会って、みなさんもあの日のことを思い出すでしょう……。そしてまた、既に月が、円でしかないことにも、気付くことでしょう……。そのことを、哀しみなさい……。

男3　(立ち上って) 起立。

全員立ち上る。

男3　礼。

全員　さようなら……。

男6　さようなら……。

男3と男2と女1、そのままゆっくりと去る。男1だけ、残る。

男6、黒板の図を消そうとして、それに気付く。

男6　どうしました、ジョバンニさん……？

男1　私は、私の父の無実の罪を晴らすためにこの街に帰ってきたのです。ですから、教えて下さい……。その二十三年前の星祭りの夜、父が何をしたのか……？

男6　あなたのお父様は、あの日この街にはいませんでした……。

男1　いなかった……？

男6　あの日だけじゃありませんよ。あなたのお父様は、いつもこの街にはいなかったのです。そしてあなたのお母様は、そのことを聞かれる度に、北の海へラッコの猟をしに出掛けていると言っておりました……。しかし、いいですか、ジョバンニさん、私たちは既にそのころ、あなたのお父様はお亡くなりになったのだと思っておりました……。ただお母様が、そのことをお認めになりたくなかっただけなのだと……。

男1　（やや驚いて）でも、昨日《きのう》なんですよ、昨日私は、父の葬式を出したんです、この街で……。
男6　昨日お葬式があったことは知っております。それが、あなたのお父様のお葬式だったことも知っております……。私も参列しておりましたから……。ですからね、二十三年たって、やっとお母様も、お父様がお亡くなりになったということを、お認めになったということじゃありませんか……。
男1　何があったんです、この二十三年間に……？
男6　何もなかったんですよ……。実にこれは驚くべきことです、そうでしょう、ジョバンニさん、全く何もなかったんですから、二十三年間……。
男6、ゆっくり黒板の方へ向いて、図を消そうとする。
男1　昔、それの書き方を、私は私の母に聞いたことがあります……。
男6　そうでしょう。ですからこれが、あなたのお父様です……。（消す）そして、もういないんです、あなたのお父様は、どこにも……。（消える）
男1　……。

《暗　転》

(三) お芝居はくり返されるの巻

信号機はそのまま。下手から上手に太いロープが張ってあり、その中央あたりの空間を半円形に囲むように、床にいくつかのカンテラが置いてある。その上手側に、粗末なベンチがいくつか。つまりここは、仮設の劇場なのであり、ロープを伝って絵の描かれた布が引いてこられると、それが背景となるのである。夜である。花火が上り、遠くとぎれとぎれに、お祭りの喧噪が聞こえてくる。「ケンタウロス、露を降らせ」と叫ぶ子供たちの声が、時々それにまじる。

男5が、大きなドンゴロスの布を引いて、ゆっくり現われる。そこには、ケンタウロスの星座の絵をバックに、《銀河鉄道伝説・往きて還りしものがたり》と、飾り文字で書いてある。女3が、手押し車にテープ・レコーダーなど、いくつかの道具を乗せて、それに続く。男4が、トライアングルを手に、それに続く。

男4と女3は、ドンゴロスの布の上手あたりに、それぞれ座を占める。

ドンゴロスの背後で、何ものかが「ウァーッ」とわめく。

男5　わかってるよ、すぐだから……。

男5、ドンゴロスの下手に譜面台を置き、台本を広げ、オーケストラの指揮者のように、タクトを持つ。

男4　もうはじめるんですか……？

男5　ええ、そろそろはじめましょう……。

女3　でも、お客さんがまだ誰も来ておりませんが……？

男5　わかってますけどね、時間ですから……。

男4　みんな川へとうろう流しに行ってるんです……。

遠く、「ケンタウロス、露を降らせ」と、子供たちの声……。

男5　いいですよ、そのうちにやってくるでしょう……。（男4に）ベルをお願いします……。

男4、トライアングルをチーン、チーン、チーンと九回、叩く……。

男5　（タクトを挙げて女3に）音楽……。

女3、テープ・レコーダーのスイッチを入れる。死者たちのメロディー。床に並べたカンテラに灯が入り、ドンゴロスに描かれた背景が浮かび上る。

男5　（シンバルを構え）この街に古くより語り伝えられし、銀河鉄道伝説、往きて還りしものがたり……。（シンバルをジャーンと鳴らす）

ウァーッというわめき声と共に、黒い三角の頭巾を頭からすっぽりとかぶり、黒い長いマントを着て、巨大な鎌を持った男7が、ドンゴロスの布を持ちあげて、現われる。

男7　(足を踏み鳴らして、背景の前を右に左に歩きながら)ドッデコ、ドッデコ、ドッデコ、ドッデコ、我こそは死者たちを迎えんとして、闇の彼方よりまかり出し死神、サトゥルヌス……。

男5　(タクトを振って女3に)拍手……。

女3、テープ・レコーダーのスイッチを入れる。万雷の拍手。

男7　(再び、足を踏み鳴らして歩きながら)ドッデコ、ドッデコ、ドッデコ、ドッデコ、死者たちよ、還り来たれ。その昔、銀河鉄道に乗りし死者の中の死者、カムパネルラも来たれ……。

男5　(女3に)拍手……。

女3、テープ・レコーダーを操作。万雷の拍手……。

男7　生ける者たちも、還り来たれ。かつてこの街を去りし、ジョバンニも……。
男5　(女3に) 拍手……。
　　女3、テープ・レコーダーを操作。万雷の拍手……。
男7　かつてこの街を去りしジョバンニも……。
男5　(女3に) もっと強く……。もっと激しく……。もっと、もっと、もっと、もっと、もっと……。
　　テープの拍手は次第に消え、男5の声だけが残る……。男7、気付いて頭巾を脱ぐ。客の誰もいないのを見てとる。音楽やむ。
男7　何です、これは……?
男5　何ですって、何だい……?
男7　誰もいないじゃないですか……?

男5　いや、だから、今のところはね……。
男7　今のところはって、だって、もうはじまってるんですよ、芝居は……。
男5　そうなんだけども……。（男4に）何をしているんでしたっけ、みんなは……？
男4　川へとうろうを流しに行ってるんです……。この下の……。
男5　川へとうろうを流しに行ってるんだ。だから、それが終ったら来るよ……。
女3　それが終って、相生橋の上からとうろうを見送ってからですね……。
男5　とうろうを見送ってからさ……。
男7　そのころには、もう終ってますよ、芝居は……。ですから、そう思ってみんな、そのまま帰ってしまいます……。
男5　しようがないじゃないか。ね、元気を出してやろう。ともかく、私たちさえ一生懸命やってるってことがわかれば……。
男7　どうして元気なんか出せるんです。誰もいないんですよ観客が……。ひとりもです……。あなた、そう言ってたじゃないですか、今年こそあの二十三年前の星祭りの夜と同じように、街中の奴等がここに集ってきて、まるで噛みつくみたいに拍手をするって……。
男4　二十三年前か……。あの夜の舞台はすごかった……。

女3　（男7に）あなたが、はじめてその死神の役をやった舞台です……。
男5　（テープ・レコーダーを指して）今の拍手は、あの夜のものだよ……。だから、同じお前さんに向って叩いているんだ、街中の奴等がさ……。
男4　あれこそ、本物の拍手でしたよ……。（女3に）もう一度、聞かせてもらえませんか、それを……。
女3　いいですとも……。（スイッチを入れようとする）
男7　よしなさい……。
男5　何故……？
男7　しようがないじゃないですか、二十三年前の拍手なんか聞いたって……。今です。今、私はその同じ死神をやっていて、それに拍手をしてくれる人が、誰もいないんですから……。
男5　いいじゃないか、少なくともその時にはいたんだ、二十三年前には……。街中の奴等がこのあたりにぎっしり……。聞けば、今またそう思えてくるかもしれないよ、立錐の余地もないほどの満員でね……。
男7　ひとりもいないんです……。
男4　花火があがりましてね……。

女3　聞きますか……？
男5　聞いてみよう……。
　　女3、スイッチを入れる。拍手……。それが次第に大きくなり、やがて遠のいてゆく……。
男5　いい拍手だ……。
男4　本物の拍手です……。私は、ずい分いろいろと拍手を聞いてきましたが、これほどのものは、はじめてですよ。
女3　みんな、立ち上ってました……。それこそ、噛みつきそうな顔をして……。
男7　足を踏み鳴らしてね……。
男5　お前さんがここに立って、死神サトゥルヌスって言った時の奴だよ……。
男7　（やや引きこまれて）言ったとたんに、ワッときたんです。私は最初、それが拍手だってことが、わからないくらいでした……。
女3　すごい拍手でした……。
男4　本物の拍手だったんです……。人は、あれほどの拍手を聞いてしまうと、もう地

　　　　獄に落ちるほかはないという、そういう拍手です……。

　　　　風が吹く……。

男5　どうする……？　相生橋まで行って、みんなにちょっと声をかけてこようか……？

男7　（女3に）すみません、もう一度聞かせてもらえますか……？

女3　いいですけど……。

男5　よせよ……。

男7　何故……？

男5　何度聞いたって同じじゃないか……。

男7　そうじゃありませんよ、私は今、思い出したんです。私が台詞を言って、ワッと拍手が来て、そのとたんに、このあたりでブラボーって叫んだ奴がいるんです。ですから、その声が入っているかもしれないと思いましてね……。

男5　二十三年前のことだよ……。

男7　覚えてるんです、私は、ハッキリ……。

女3　聞きますか……？
男7　お願いします……。
　　　女3、スイッチを入れる。拍手……。次第に高くなって……。
男7　ここです……。ここで……。
　　　拍手、遠のく……。
男7　(女3に) 聞こえましたか、ブラボーって……？
女3　いいえ……。
男4　いい拍手です、何度聞いても……。
男5　ともかく、もう終りにしよう。幕は上ってるんだからね……。
男7　違いますよ、これは……。
男5　違う……？
男7　今のは、私が出てきた時の拍手じゃありません。だって、ブラボーってあれが入っていないんですから……。
男4　しかし、何か、聞こえたような気もしましたが……。
男7　聞こえませんでしたよ。（女3に）あなたにも、聞こえませんでしたでしょう？
女3　ええ……。
男5　お前さんの、勘違いじゃないのかい？
男7　違いますよ。私は覚えているんです。思い出したんです。今の拍手は、幕切れの、……ですから、墓守りの爺さんが、あの動かずの転轍機を押した時の奴です……。
（女3に）そうでしょう……？
女3　そうです……。もしかしたら、そうだったかもしれません……。動かずの転轍機を押して、この街に再び銀河鉄道をよみがえらせた時の……。
男4　そうだったかね……。あの時の拍手もすごかった……。
男5　まあ、いいじゃないか……。
男7　よくありませんよ。私の拍手じゃないんですから、これは……。
男5　（女3に）ほかのがありましたでしょう……？
女3　ええ……。
男5　入れてみて下さい……。

女3、スイッチを押す。拍手……。

男5　これだ……。

男4　これですね……。

男7　違います……。

男5　何故……？

男7　だって、何度言ったらわかるんです、私のにはブラボーが入ってるんですから……。

男5　だけどね、それはその次の年のことじゃないのかい……？

男7　そんなことはありません。私は覚えているんです。私はここに立っていて、そいつはそこに立っていて、それで、ブラボーって言ったんです……。（女3に）覚えてませんか、こんな大きな汚い袋を背負って……。（男5に）何故それが、二十三年前のあの星祭りの夜のことかって言いますとね、そいつはその日、この街にいるはずのない男だったからなんです……。それで覚えてるんです、私は……。

男5　わかったよ……。でも、それにしても、ここにある拍手を全部聞いてみるわけに

男7　だって、あるんですから、私のが……。聞かして下さいよ。今夜、私に拍手してくれる人なんか誰もいないんです。そうでしょう？　せめて二十三年前の……。

男5　舞台はどうするんだ、舞台は……。

男7　それを聞いたらやります。聞いたら私も、元気が出てくるかもしれませんし……。

男5　（女3に）じゃ、もうちょっとまわしてみてくれますか……？

女3　いいですよ……。

男7　私の拍手です……。私への、熱烈な……。

女3、スイッチを入れる。拍手……。

男4　（立ち上って）しっ……。

男5　止めて……。

女3、スイッチを切る。拍手、切れる。

男5　(男4に) 何です……?

男4　お客さんです……。

男7　客……?

「あかいめだまのさそり、ひろげたわしのつばさ……」という、やや間の抜けた歌が遠くから聞こえ、やがて男1が、前場と同様トランクとコーモリ傘を持ち、歌いながらぼんやり現われる。

男1　(歌う) あおいめだまのこいぬ、ひかりのへびのとぐろ……。(四人に気付き、目礼などしながら、あとは調子を落し) オリオンはたかくうたい、つゆとしもとをおとす……。

男5　やあ、どうも……。

男1　(とまどいつつ) どうも……。

男5　お待ちしてたんですよ……。

男1　お待ちしてたって、私をですか……?

男7　そうです、あなたを……。

男１　（ややおびえて）だって、何故……？
男５　そんなに大げさに考えないで下さい、要するにあなたは客なんです……。
女３　お客さまです……。
男５　お客さまなんです……。
男１　お客さま……？
男７　（近づいて）ともかく、（手をとり）こちらにお坐り下さい……。今すぐはじまりますから……。
男１　（逃げて）何なんです、これは……？
女３　（思わず）逃がしちゃ駄目よ。
男７　（これも、思わずつかまえ）駄目ですよ、あなた……。
男１　（もがいて）ちょっと待って下さい。どういうわけなんです。放して下さい。
男７　（つかまえたまま）何でもないんですから……。本当にこれは、何でもないんです……。
男１　（さらに、もがいて）だったら、放せばいいじゃないですか……。
男５　おい、放すんだ……。
男７　だって、逃げちゃいますよ、放したら……。（用心しつつ、手を放す）

男5　逃げたりなんかしませんでしょう、あなた……？
男1　逃げやしませんけど、何なんです、あなた方は……？
男5　芝居です……。何てことはない普通の芝居ですよ……。それで、あなたはそのお客さまなんです……。
男7　あなただけなんです、お客さまは……。
男5　ね、ですから、見てって下さい……。
男1　（不安そうにあたりを見まわして）しかし……。
男4　いいお芝居ですよ……。コッケイなところもあるし、悲しいところもあるし……。
女3　もう幕は上ってるんです……。（と、スイッチを入れる）
　　死者のメロディー……。
男5　さ、こちらにお坐りになって……。（と、男1をベンチに坐らせ、男7に）お前さんはそこに立って、さっきのところからだよ……。（と、自分は譜面台のところに戻り、タクトを構える）
男1　（居心地悪そうに、もぞもぞしながら）私は、こうもしていられないんですが…

…。
男5　すぐですよ……。（タクトを振って、男7に）はい……。
男7　（既に頭巾をかぶり）ドッデコ、ドッデコ……。（男1に気付く）……。
男5　……？（タクトをおろす）
男7　ジョバンニ……。
男1　え……？
男7　お前さん、ジョバンニじゃないのかい、昔、この街にいた……？
男1　ええ、そうです……。
男7　ジョバンニだ。帰ってきたんだね……。（頭巾を脱いで）私だよ。覚えていないかい……？

女3、スイッチを切る。音楽、やむ。

男1　……。（じっと見つめる）
男7　ほら、あの電力会社の裏の……。
男1　活版所の主任さん……。

男7　そうだよ。お前さんは私のところで、文選工をやっていた……。活字拾いさ……。虫めがね君て呼ばれていてね……。
男1　そうでした……。毎日、学校の帰りに働いていたんです……。
男7　(男5に)真面目な、いい子でした。時々詩を書いておりまして……。(男1に)どうだい、詩人になれたかね……？
男1　いいえ、詩人にはなれませんでしたよ……。ごらんの通り、今は旅まわりのセールスマンをしております……。三星印の衛生ハブラシの注文をとって歩いているんです、問屋を一軒一軒訪ねて……。
男7　まあね、そういうこともあるさ……。私だって昔は、詩人になるつもりでいた……。それがどうだい、相も変らず活版所の親父で、一年に一回こんな風に素人芝居に駆り出されて、しかも、二十三年前に聞いた拍手を今……。(男5に)そうです、館長さん……。
男5　何だい……？
男7　あの時、ブラボーって言ったのは、この子の親父さんなんです。だから覚えているんですよ、私は……。だって、(男1に)そうだったろう？　その日、お前さんの親父さんは、北の海へ猟に出ているはずだったろう……？　あの二十三年前の、

　今夜と同じ星祭りの夜さ……。
男1　その夜、いたんですか、私の父はここに……？
男7　いたよ。私は見たんだから……。今、旅から帰ってきたばかりみたいに、大きな、こう……、汚れた袋を背負ってね、そこんところに立って、口に手を当てて、ブラボーって言ったんだ、私にさ……、万雷の拍手の中でだよ……。（男1の様子がおかしいのに気付き）どうしたんだい……？
男1　あれは、ザネリがとうろう流しをしている最中に水に落ちて、それを救おうとしたカムパネルラが水死した夜ですよ……。
男7　そうさ、確かそんなこともあったね……。
男1　その夜ですか、父がこの街にいたのは……？
男7　その夜だよ。一体何だって言うんだ？
男1　あの後、父はつかまったんです……。ザネリは、誤って水に落ちたのではなく、私の父が突き落したんだということにされて……。あのころ私は毎日ザネリにいじめられていて、父はいつも、そのことを怒っていましたからね……。

　風の音……。

男5　しかしね、ジョバンニ、お前さんのお父さんは、自分でそのことを認めたんだよ……。
男1　あなたは、誰です……？
男5　覚えていないかね……？
男1　（気がついて）カムパネルラのお父さん……。
男5　あの後私は、監獄へお前のお父さんに会いに行った……。お父さんは、私にそう言ったんだよ、ザネリを突き落したのは私だってね……。ザネリがそのころ、お前さんにつらく当るので、ついカッとしてやってしまってね……。だから……、私はそんなことはないと言ったんだけども、カムパネルラを死なせたのは、私のせいだと……。
男1　私は今の今まで、私の父はあの夜、この街にはいなかったと思ってました……。お袋は今でも、そう思ってますよ……。

風の音……。かすかに半鐘の音……。

男4　静かに……。あれが聞こえますか……？

男7　何です……？

女3　半鐘の音です……。

男5　半鐘の音……？

男4　どこかの子供が、また水に落ちたんです……。助けを求めているんですよ、あの音は……。

男5　まさか……。

　男7、無言で走り去る。男4、ゆっくり立ち上って、これも去る。

男5　二十三年前の星祭りの夜と同じだよ、ジョバンニ……。あの夜も私は、ここであの半鐘の音を聞いたんだ……。もちろん、自分の子供があんなことになっているとは知らずにね……。

　男5、ゆっくり去る。

女3　またひとりが救われて、またひとりが死んでゆく……。二十三年前の、あの夜と同じように……。
男1　牛乳屋のお婆さんですね、あなたは……？
女3　そうですよ、ジョバンニ……。覚えていてくれましたか……？
男1　ええ、私はあの夜、あなたのところへ牛乳をもらいに行く途中だったんです……。
女3　行かないんですか、川へは……？
男1　ええ……。
女3　何故……？
男1　行って、何が出来るんです、私に……？
女3　何しに帰ってきました、ジョバンニ、この街へ……？
男1　わかりません……。父の無実の罪を……、もしそれが本当に無実の罪だとしたら、晴らしてやりたいと思ってたのですが……。
女3　出ていきなさい、ジョバンニ……。この街から今すぐ……。あなたは、帰ってきてはいけなかったのです……。

女3、手押し車を押して去る。半鐘鳴りつづく。男1、立ちつくす。

《暗　転》

（四）おままごとは昔のままの巻

信号機はそのまま。中央にゴザが敷かれ、オママゴトの用意がしてある。上手奥に、赤く錆びた「動かずの転轍機」がある。

「山と夕焼けとからす」を描いたドンゴロスの引き幕を、男3がゆっくり引いてくる。松葉杖をついた男2と、人形を抱いた女1が、それに続いて現われる。女1は、ゴザに乗って坐る。女1は、やや狂女風である。

男3　（女1に）じゃあ、いいかい……？　すぐに帰ってくるからね……。

男2　（女1に）誰かが来ても、気がつかないふりをしているんだ……。

男3と男2、去る。女1は、それらに全く反応せず、かすかに歌を歌っている。

女1　（ものうい歌）あかいめだまのさそり、ひろげたわしのつばさ……。

男1、トランクとコーモリ傘を持って現われる。

女1　あおいめだまのこいぬ、ひかりのへびのとぐろ……。（男1に）こんばんは……。
男1　こんばんは……。
女1　ねえ、おままごとしません……？
男1　おままごと……？
女1　さっきから、ここを通る人みんなに声をかけているんですけど、誰もやってくれないんです……。
男1　ひとりでやってたんですか、こんなところにゴザを敷いて……。
女1　（人形を示して）この子と二人です……、でもこの子は人形ですから、口をきかないんです……。ですからね、あなたがふいのお客さまになって、こんばんはって訪ねて下さったら、お茶をいただきながら私たち、いろんなお話が出来ると思うん

男1　ふいのお客さんですか……？
　ですけど……。
女1　ええ、終列車に乗り遅れて、どこにも泊るところがないんです……。
男1　私がお父さんで、あなたがお母さんじゃないんですか……？　その人形が私たち
　の赤ちゃんで……。
女1　この人形が私の赤ちゃんで、私がそのお母さんでもかまいませんよ……。でもや
　っぱりあなたはお客さまです……。私たちがお父さんの帰りを待っている夜中に、
　ふいにあなたが訪ねてらして、一晩泊めてくれませんかって、頼むんです……。
男1　何故……？　何故私はお父さんじゃないんです……？
女1　いいじゃありませんか。私たち、泊めてさしあげます……。お食事もお出ししま
　す……。楽しくお話もします……。お風呂にも入っていただきます……。
男1　でも、教えて下さい。何故、私はお父さんじゃなくて、お客さんなんです……？
女1　お父さんは、いるんです……。
男1　どこに……？
女1　今は旅に出ていて、ここにはおりませんが……、セールスマンですよ、衛生ハブ
　ラシの……、そのうちに帰ってくるんです……。

男1　それじゃ、その旅に出ていたお父さんが、今帰ってきたのかもしれないじゃないですか……？
女1　そんなことありません……。
男1　どうして……？
女1　もしお父さんが帰ってきたのなら、こんばんはなんて言わずに、ただいまって言って入ってきます……。今晩泊めていただけませんかなんて言わずに、留守の間どうだったって言います……。
男1　ただいま……。（ゴザに上ろうと）
女1　（悲鳴のように）やめて。
男1　（立ちすくみ）何故……？
女1　あなたは違うんです……。

風の音。男3と男2が、輪になったひもの中に入り、「シュッポ、シュッポ」と言いながら、「汽車ごっこ」で背後を通り過ぎる。男2は、松葉杖をついていない。

男1　カオリさん……。そうでしょう……？　あなたはカオリさんでしょう……？　カムパネルラのお友だちの……？　私ですよ、ジョバンニです……。忘れてしまったんですか……？　ほら、いつも一緒に遊んだじゃないですか、オママゴトなんかをして……。そうだ、ここだ……。あのころもあなたはここにゴザを敷いて……。カムパネルラがお父さんで、あなたがお母さんで……。そうだ、私はいつもお客さんだった……。

女1　終列車に乗り遅れてしまったんですの……？

男1　そうなんです……。

女1　お上り下さい……。あいにく、主人はちょっと出ておりますが、そのうちに帰ると思いますから、その間、お茶でも……。

男1　ありがとうございます……。それじゃ、いいんですか、上らしていただいても……。

女1　ええ、申しわけありませんが、お静かに……。子供が眠っておりますから……。

男1　（上って）失礼します……。

女1　そこにお坐り下さい……。（お茶の用意をしながら）主人とはどういう……？

男1　主人て……？　お宅の御主人のことですか……？

女1　ええ……。
男1　友だちですよ……。よく遊んだんですよ、一緒に、子供のころ……。
女1　ナカヨシですね……？
男1　ええ、ナカヨシ……。
女1　お茶をどうぞ、何もありませんが……。
男1　ありがとう……。
女1　それで、いつです……？
男1　いつって、何がですか……？
女1　主人と仲違いをしたのは……？
男1　仲違い……？　私がですか……？
女1　ええ、だって今、言ってらしたじゃありませんか……。昔、一緒にオママゴトをした時、いつも主人ばかりがお父さんをやっていて、あなたにやらせてくれなかったって……。
男1　ええ、でも、別にそれは……。
女1　今でも恨んでらっしゃるんですか、そのことを……？
男1　恨んでやしませんよ……。

女1　仕返しにいらしたんですか、今夜は、そのことで……？
男1　仕返しって……。（おびえて立ち上り）何を言うんです、あなたは……？
女1　あら、主人が帰ってきたみたいですわ……。どうぞ、お坐りになって……。
男1　御主人が……？（坐る）

男3と男2、「汽車ごっこ」のまま、「シュッシュッポッポ、シュッシュッポッポ」と言いながら現われる。ほとんど儀式のようである。ゴザをひとまわりして、男2が「ピーッ」と笛を吹き、停まる。

男3　（男2に）それじゃ、また……。
男2　それじゃまたって何だい……？
男3　それじゃまた明日って、そういう意味さ……。
男2　何言ってるんだ、今日はうちで飯食ってゆけよって、お前さっき言ってたじゃないか……。
女1　お帰りなさい……。
男3　ただいま……。（男1を見て）おや、誰だい……？

男1　お邪魔しております……。
女1　お客さまよ。終列車に乗り遅れて、今夜一晩泊めて下さいって……。
男3　（男2に）お客さまだ……。
男2　お客さまじゃないよ。今日は俺がお客さまなんだから……。
男3　それじゃ、こいつは何だい……？
男2　電信柱だよ。だから、この辺に立っててもらえばいいじゃないか……。
男1　私はもう、すぐおいとまするつもりですから……。（立とうと……）
女1　（とめて）いいじゃありませんか、せっかくいらしたんですから。（男3に）ね
　え、あなた……。
男3　そうだね、いてもいいけど……。（男2に）でも、電信柱は気の毒だよ、あれは
　しゃべらないんだから……。
男2　じゃ、ポストだ。あれだってしゃべらないけど、でも赤いよ……。
女1　（男1に）あなた、ポストでいいですか……？　ただ赤いだけですけど、電信柱
　よりはいいでしょう……？
男1　ええ、私は何でも……。
女1　やりますって、ポスト……。

男１　（立ち上って）でも、どうすればいいんです……？

男３　（男１の持ってきたトランクを指し）そこに坐ってね、つまり、手紙が来たら受け取るんだ……。

男１　それだけですか……？

男３　それだけだよ、ポストなんだから……。

　　　男１、ゴザから出てトランクに坐る。

女１　もうすぐ、お夕食の用意が出来ますからね……。（仕度をはじめる）

男１　赤くなくてもいいんですか……？

男３　赤い方がいいけど、しようがないよ、とにかく赤くないんだから……。（男２に）それじゃ、お前、ここに坐れ……。

男２　ここに……？　どうしてこんなとこに坐るんだ……？

男３　そこに坐ってるんだよ、いつも、ポチはね……。

男２　ポチって何だい……？

男３　犬さ……。

男2　犬じゃないよ。お客さんをやらせるって言ったろう、俺には……。
男3　お客さんは来ないんだ……。（女1に）そうだろう、お客さんは来なかったんだな……？
女1　ええ、来たんですけどね、お帰りになったの……。また来ますって……。
男2　（やむなく坐って）もう少しいいのはないのかい、犬じゃなくてさ……。

その背後を女4が、女2の寝た車つきのベッドを押して、ゆっくり現われる。

男3　（新聞を広げて）時々吠えてもいいからな……。
男2　何て吠えるんだ……？
男3　ワンに決まってるじゃないか。お前、犬の吠え方も知らないのか……？
男2　ワンだけだろう……？
女1　餌だってあげるのよ、ポチには……。
男3　とても可愛がってるんだ、このうちでは、ポチをね……。（新聞に注目して）おや、「大汽船氷山に衝突」、タイタニック号が沈んだよ……。
男2　何だい、タイタニック号って……？

男3　お前には聞こえないんだ、犬だから……。（女1に）「ニューヨーク来電。大汽船タイタニック号はサザンプトンを発し、最初の航海に上りしに十五日午前二時二十分、北米ニューファンドランド州レース岬附近にて氷山に衝突し沈没したり。」大きな客船だよ……。霧の中で氷山にぶつかったんだ……。

女1　……。

女2　（ベッドに寝たまま）ジョバンニ……。

男1　（こちらを向いたまま）何です、お母さん……。

女2の声は男1にしか聞こえない。ベッドは舞台中央に停り、女4はかたわらに椅子を置き、それに腰をかけて聖書を読んでいる。

女2　みんなと、仲良く遊んでもらっておりますか……？

男1　ええ、お母さん、大丈夫です。仲良く遊んでもらっております……。

女2　いじめられているんではないでしょうね……？

男1　いじめられてはいません……。

女1は、小さなまな板で、お野菜をコトコト、切っている、次第に日は暮れようとしている。

男2　多勢死んだのかい……？
男3　しゃべるなって言ってるだろう、お前は犬なんだから……。（女1に）「乗客二千三百五十八名の中、ただ六百七十五名だけ救助せられたり。」多勢死んだよ……。中には子供も、女の人もいた……。
男2　しゃべらないけども、考えるだけならいいだろう……？
男3　何を考えるんだ……？
男2　だからね、もしその船に俺が乗っていたらって……。
女2　ジョバンニ……。
男1　何です、お母さん……。
女2　今日はお前、何をやらせてもらってるの……？
男1　ポストです、お母さん……。
女2　ポスト……？
男1　ええ……。

女2　ポストはおよし……。だってあれは、ただ赤いだけじゃないか……。
男1　でもお母さん、手紙が来たら受け取るんですよ……。
女2　手紙は来たのかい……？
男1　いいえ……。
女2　手紙は来ないよ。いつまで待ってもね……。お父さんをやらせておもらい、ほんのちょっとでいいからって言って……。
男1　でもお父さんは、カムパネルラがやっているんです……。
女2　じゃあせめて、ポチをやらせてもらったらどう……？　あれだって、ポストよりはずっといいよ。少なくとも、ワンて言えるんだから……。
男1　ポチは、ザネリがやってるんですよ、お母さん……。

風が吹く。ゴザの上では、夕食の仕度が整う。女4、立ち上り、聖書を閉じ、車つきのベッドを押して去る。

女2　ザネリが帰ったら、ポチをやらせてもらうんだよ、ジョバンニ……。（去る）
女1　さあ、夕食の用意が出来ましたよ……。（男3に）あなた、新聞はやめて下さい、男3　お食事ですから……。ポチにも、おいしい御飯をあげますからね……。
女1　おみおつけと、御飯と、お魚の焼いたのと……。
男3　(新聞をたたんで)今夜は何だい……？

遠く女の声で、「カムパネルラ、カムパネルラ、帰ってらっしゃい……」と声がする……。「カムパネルラ、お夕食の時間ですよ……。」男3、立ち上る。

女1　帰るの……？
男3　時間だからね、また明日……。
女1　さよなら……。
男3　さよなら……。
男2　あと、お父さんをやってもいいかい、ポチをやめて……？
男3　ああ、いいよ……。
男2　さよなら……。
男3　さよなら……。

「カムパネルラ……」と、また声……。男3、去る。

男2　(男3の坐ってたところに坐って) 一度やってみたかったんだよ、お父さんをね……。ただいまって帰ってくるところからさ、飯はまだかい……?

女1　出来てますよ……。

男2　じゃあ、はじめようか……。腹が減ったよ、今日は何や彼やあってね……。

女1　いただきましょう……。

男2　うん、いただきます……。

二人がそれぞれ箸を持ったところに、男7と男6が現われる。男6は、松葉杖を持っている。男2と女1、すくんだように動かない。

男7　ザネリだね……?

男2　ええ、そうです……。

男7　さっき、川に子供が落ちたのを知っているかね……?

男2　知っています……。
男7　その子は助かったよ……。でも、その子を救おうとして川に飛びこんだ子は、助からなかった……。
男2　……。
男6　ザネリ……、みんながそう言ってるんだよ、最初に川に落ちた子は、お前さんに突き落されたんだって……。何故なら、その子はいつもお前さんの息子をいじめてたからね……。
男7　どうなんだい……？　お前さんがやったのかね……？
男2　そうです……。私が突き落したんですよ、その子を……。ですから、その子を救おうとして川に飛びこんだ子を死なせたのは、私です……。
男1　嘘だ、ザネリ……。
男7　行こう……。みんなが待っている……。
男2　ええ……。(男6に渡された松葉杖をついて立ち上る) さよなら……。
女1　さよなら……。

男2、男7と男6に連れられて去る。

男1　何故あんなことを言ったんだろう、ザネリは……？
女1　お父さんだからよ…。
男1　お父さんだから……？
女1　聞いたでしょう、ザネリには息子さんが一人いるの……。でも、事故でザネリがあんな体になって以来、そのことで息子さんはいじめられてばかりいたの……。
男1　でも、やってないよ、ザネリは……。
女1　さあ、もう誰もいないわ……。今度はあなたがお父さんよ……。
男1　僕がお父さん……？
女1　そうよ、そこに坐って……。
男1　でも……、僕はいいよ、ポストで……。
女1　何故……？
男1　何故って……、だって……、それじゃ、ポチをやらせてもらうよ、お父さんでなく……。
女1　どうしてお父さんをやらないの……？
男1　どんな風にやればいいのかわからないんだ……。僕は一度もやったことがなかったからね、お父さんは……。

女1　簡単よ。ただいまって帰ってきて、そこに坐るの……。さあ……、さっきはやっ
たじゃないの、あんなに自然に……。

遠く、「カオリ、カオリ……、御飯ですよ、帰ってらっしゃい」と、声……。

男1　呼んでいるよ……。

女1　早く……。

男1　ただいま……。

女1　そう……、そこに坐って……。お帰りなさいって私言いながら、ね、こっち向い
てお茶を入れようとするから、あなたその間にナイフを出して私を刺すの……。

男1　何だって……？

女1　ですからね、私がお茶を入れようとして横を向いたすきに、ナイフで私を刺すの
よ……。

男1　どうして……？

女1　だって、あなた、私を恨んでるでしょう？

男1　恨んでる……？
女1　私がカムパネルラとばかり仲良くしていたから……。
男1　何を言ってるんだ……
女1　あなた、ナイフ持ってないの？
男1　持ってないよ、ナイフなんて……。
女1　それじゃ、これを貸してあげるわ。（出して、男1に渡す）
男1　（思わず受け取って）何だい、これは……？
女1　それで刺すのよ、私が向うを向いているすきに……。
男1　そんなこと出来ないよ。
女1　何故……？

やや近く「カオリ、カオリ、どこにいるの……」と、声……。

男1　やめようこんなこと……。
女1　やりなさい、ジョバンニ、そうしないとあなたは、いつまでたってもお父さんになれないのよ……。

男1　だけど、どうして……？
女1　そういうものなの、お父さんというのは……。
男1　駄目だよ、僕は……。（ナイフを置く）

さらに近く、「カオリ、帰ってらっしゃい、もう遅いのよ……」と、声……。
女1、人形を持って立ち上る。

女1　私、待ってたのよ、ジョバンニ……、あなたをよ……。いつか、カムパネルラとばかり仲良くするのは、よせって言ってくると思って……。
男1　行くのかい……？
女1　ええ、呼んでるから……。さよなら……。
男1　さよなら……。

女1、人形をぶら下げて去る。入れ違いに、男4が大きな汚い袋を引きずり、何やら低く歌いながら現われる。「動かずの転轍機」のところにうずくまり、それを点検している風である。

男1　何をやってるんです、そこで……？
男4　こいつをね、調べているのさ……。
男1　何ですか、それは……？
男4　動かずの転轍機だよ……。
男1　動かずの転轍機……？
男4　ああ……。
男1　動かないんですか……？
男4　動かないんだよ……。どうだい、動かしてみるかい……？
男1　でも、動かないんでしょう……？
男4　動かないのさ……。でもね、もし、こいつが動いたらどうなるか、知ってるかい……？
男1　動いたら……？
男4　あの銀河鉄道がよみがえるのさ、この街にね……。あそこから……、（と、空を指し）おい、見てごらん……あそこから、オーンて汽笛を鳴らしてね、奴が走ってくる……。

男１　教えて下さい……。
男４　何だい……？
男１　もしあなたに息子さんがいて、その息子さんが誰かにいじめられていたら、その誰かを川に突き落しますか……？
男４　場合によっては、私が突き落したと言うかもしれないね……。特に私が見てしまった場合はさ……、つまり、その誰かを私の息子が突き落すところを……。
男１　あなたの息子が……？
男４　おいで……、これを動かしてみようじゃないか……。二人でやれば、動くかもしれない……。ね、やってくるんだよ、あの銀河鉄道が、オーンて汽笛を鳴らしながらさ……。空の、あのあたりから……。

《暗　転》

(五) 夕焼けは血の匂いがするの巻

信号機はそのまま。転轍機もそのまま。空いっぱいの真赤な夕焼け。舞台中央に、コーモリ傘をさした男3が、正面を向いて立っている。トランクとコーモリ傘を持った男1が、ゆっくりと、来かかる。

男3　帰るのかい、ジョバンニ、お母さんのところへ……？
男1　うん……。もしかしたら、僕が牛乳を持って帰るのを、まだ待っているかもしれないからね……。
男3　俺は考えるよ……。俺がどんな風なことをしたら、お母さんのためになるのかってことをね……。
男1　でも、カムパネルラ、君のお母さんは別にひどいことはないじゃないか……。
男3　お前は知らないのさ、ジョバンニ、俺が今考えていることを、ほんのちょっと知ったただけで、俺のお母さんは血にまみれて倒れるよ……。見てごらん……。（傘をやや傾けて、空に）お母さん……。

空から、赤い細かな雪片と、白いぬいぐるみの大きな足が、ドシンと落ちてくる。

男3　お母さん……。

赤い細かな雪片と、もうひとつの足……。

男3　お母さん……。

赤い雪片と、二つのぬいぐるみの腕……。

男3　お母さん……。

赤い雪片と、胴体……。

男3　お母さん……。

赤い雪片と、黒い長い髪の毛がついた、目鼻のない頭……。

男3　(懐から、汚れた大きな布の袋を出し、それにぬいぐるみの各部を拾って入れながら) これが、俺のお母さんさ……。つまり、お母さんは今、俺が何を考えているか知ったんだよ……。だから自ら罰せられて、バラバラになって落ちたんだ、こんな風に……。

男1　君は今、何を考えているんだ、カムパネルラ……?

男3　死ぬということだよ、ジョバンニ……。死んで、そこらの石ころと同じような、死体になることさ……。

男3、袋を引きずって去る。

《暗　転》

（六）古里はほほえみながら呼んでいるの巻

信号機はそのまま。転轍機もそのまま。女3が、「花の飾ってある出窓」の描いてある引き幕を引いて現われる。同時に、女4が女2の寝ている車つきのベッドを押して現われる。舞台中央あたりでそれぞれ停まる。

女3　何かほかに、手伝うことがあったら言っておくれ……。
女4　ありがとうございます、もう大丈夫ですから……。
女3　お茶でも、わかしといてやろうか……？
女4　いえ、あとは私がやります……。本当に助かりました……。
女3　（女2を見て）眠っているようだね……。
女4　ええ、疲れたんだと思います。久し振りに外へ出ましたから……。
女3　今夜のことは、話さない方がいいよ……。

女4　何です、今夜のことって……？
女3　ザネリがつかまったことさ……。また二十三年前の、あのことを思い出してしまうかもしれないからね……。
女4　そのことでしたら、母はもう知っております……。
女3　知っている……？
女4　ええ、さっき橋のたもとで、みんなが話しているのを聞きました……。
女3　それで何て言ってた、お前のお母さんは……？
女4　何も……。
女3　そう……。おやすみ……。
女4　おやすみなさい……。
女3　何かあったら、呼びにおいで……。
女4　本当に、ありがとうございました……。

女3、去る。女4、ベッドのかたわらに椅子を置き、それに坐って聖書を開く。遠く、汽車が走ってゆく……。

女2　行ってしまったかい……?
女4　あら、起きていたんですか……?
女2　起きていたよ。当り前じゃないか、あのおせっかいな女が、いつ出てゆくか、いつ出てゆくかと思って、息を殺していたのさ……。
女4　牛乳屋のお婆さんは、坂の下で動けなくなったお母さんを、ここまで運んでくれたんです……。
女2　川から、ずっと私たちをつけてきていたんだよ。だから私はあそこで動けなくなったふりをしてみせたんじゃないか……。
女4　そんな風には見えませんでしたけど……。
女2　いいから、お前、大急ぎで駅へ行っておいで……。
女4　駅へ……?　何しに……?
女2　ジョバンニが帰ってくるんだよ……。
女4　ジョバンニが……?
女2　そう……。だからね、大急ぎで駅へ行って、ジョバンニに会って、帰ってきちゃいけないって言っておやり。そのままその汽車に乗って、ほかへお行きって……。
女4　何故……?

女2　今夜ジョバンニが、何しに帰ってくるか知ってるかい……？　ジョバンニはね、お父さんの無実の罪を晴らすために帰ってくるんだよ……。
女4　それをお母さんは、二十三年間待っていたんじゃないですか……。
女2　そうさ。私はジョバンニが帰ってきたら、駅まで出迎えて、そう言ってやるつもりだった……。でもね、今夜ザネリの事件があって、私は気がついたんだよ……。
女4　何に……？　お母さん……。

風の音……。トランクとコーモリ傘を持った男1、ゆっくり現われ、そのあたりに立つ。

女2　お前は、ザネリが本当にあの子を川に突き落したんだと思うかい……？
女4　自分でそう話したんですよ、ザネリは……。みんながそう言ってたわ……。
女2　どうしてザネリは、そんな風に話したんだろう……。
女4　どうしてって……？
女2　ザネリはね、自分の息子がその子を川へ突き落すのを見たんだよ……。
女4　……。

女2　それしか考えられないじゃないか。ザネリはね、自分の息子がやったことを、かばうつもりでいるのさ……。わかるだろう……？　行ってやり、駅へ……。ジョバンニは、お父さんの無実の罪を晴らしたとたんに、自分自身でそれをやったことにされてしまうかもしれない……。

女4　もう遅いわ……。

女2　遅い……？

女4　帰ってきているんですよ、ジョバンニはもう、この街に……。

女2　どこにいるんだい……？

女4　すぐそこです……。呼んでごらんなさい……。

女2　（呼ぶ）ジョバンニ……。

男1、ゆっくり近づく……。

男1　こんばんは……。

女2　覚えていたんだね、ここを……？

男1　駅を降りてすぐ、このあたりに小さな家があったのを思い出しました……。三つ女2　並んだ入口の、一番左側には空箱に紫色のケールやアスパラガスが植えてあって、小さな二つの窓には、日おおいがおりたままになっていて……。
女2　それは、そのまんまだったろう、お前、二十三年前と……？
女4　お母さんですよ、ジョバンニ……。もっと近くに寄って、お前の体を触らせてあげなさい……。お母さんはもう、目が見えないんです……。
男1　目が……？
女2　触らなくとも見えてるよ、私には……。二十三年前の星祭りの夜、あの日何故か牛乳が来てなくてね、お前はそれを取りに行ってくると言って出て……、そのまま帰ってこなかった……。覚えてるよ、私は……。あの日その扉を開けて、「一時間半で帰ってくるよ」って言って出ていったお前のことを……。そのまんまね……。
男1　（ベッドのかたわらにひざまずいて）触ってみて下さい……。一時間半じゃ帰れなかったんです、私は……。二十三年間かかったんですから、ここへくるまでに……。さあ、手を伸ばして……。そうすればあなたにも、二十三年という時間が、どれほどのものだったかということが、よくわかります……。
女4　（悲鳴のように）やめて、お母さん……。

女2、男1に触る……。

男1　(立ち上って)あなたの覚えているジョバンニじゃなかったでしょう……？　私はもう違うんです……。もしあなたの目が見えて、道で私とすれ違ったら、眉をひそめてよけて通りますよ、あなたは……。

女4　何故お母さんのことを、お母さんて言わないんです……？

男1　あなたは、誰です……？

女4　あなたの、姉さんじゃありませんか、忘れたんですか……？

男1　姉さん……。そう、私には確か姉さんがいましたよ……。最後にこの家を出た時、あなたはいませんでしたが、私はあなたの用意してくれたトマトの……、トマトの……？

女4　トマトのシチューです……。

男1　そう、トマトのシチューを食べて出たんです、一時間半の……、いや、二十三年間の旅に……。

女2　ジョバンニ……。

男1　何です、お母さん……？

女2　この街から、出てお行き……。
男1　ええ……、（トランクに坐り）暫く前までは、僕もそのつもりでした……。でも、そうはいかなくなったんです……。
女2　何故だい……？
男1　お父さんの無実の罪を、まだ晴らしてないからです……。二十三年前の星祭りの夜、ザネリを川へ突き落したのがお父さんじゃないということを、まだはっきりさせてないからです……。
女2　出ていくんだよ、ジョバンニ、今すぐ、この街を……。
男1　何故です、お母さん……？
女2　……。
女4　ジョバンニ、今夜のザネリの事件を知っていますか……。
男1　もちろん、知ってます……。僕は今、ザネリの無実の罪を晴らしてやろうとしているんですから……。それがお父さんの、無実の罪を晴らすことにもなるんです……。
女4　ザネリは、自分の息子がその子を川に突き落すのを見て、息子をかばうつもりで、あんなことを言い出したんです……。そうとしか思えないでしょう……？

男1　恐らく、そうでしょうね……。
女4　だとすれば……いいですか、ジョバンニ……。ザネリの無実を晴らしたとたんに……ですから、あなたのお父さんの無実を晴らしたとたんに、あなたがやったことにされてしまうんですよ……。
男1　(やや唖然として暫く口をつぐみ、それから)あなた方が、そんな風に考えているとは知りませんでしたよ……。僕は、全く逆に考えていたんです……。いいですか、僕はやってないんです……。僕は、ザネリを水に突き落したりはしていません……。だから、お父さんだって、そんなものを見てるはずがないんです……。ただ、そう思いこんでいるだけなんです……。ですからね、ザネリだって、自分の息子がそんなことしてないとわかったら……ただ自分がそう思いこんでいるだけだとわかったら、自分が突き落したなんて、言う必要がなくなるんです……。
女2　お前がやってなくても、ザネリの息子はやったかもしれないじゃないか……。
男1　いいえ、僕がやってないように、ザネリの息子もやってません……。
女2　何故だい……？
男1　僕は知ってるんです……。そういうことが出来ないから、いじめられるんですよ僕たちは……。何もしないで、ただ逃げるんです、僕たちは……。

女2　じゃあ、お逃げ、もう一度……。
男1　何故です……？　ザネリのためだけじゃないんですよ、これは……。このことがはっきりすれば、お父さんの無実の罪も晴れるんです……。
女2　これは、ワナなんだよ、ジョバンニ……。
男1　ワナ……？
女2　よくお聞き、ジョバンニ……。（女4に）それからお前も……。お前たちのお父さんは、二十四年前……、だからあの星祭りの夜のちょうど一年前、北の海で猟をしていて、船から落ちてお亡くなりになった……。
男1　だって……。
女2　静かに……。私は、手紙をもらってそのことを知ったけれども、お前たちには話さなかった……。話せなかったのだよ……。もし話したら、私も、お前たちも、駄目になってしまうような気がしたのさ……。だからお父さんは、いつまでも北の海へ猟に行ったままになっていた……。言ってみれば、私が死なせなかったんだよ、お前たちのお父さんを……。
男1　だけど、見ているんですよ、街の人たちが何人も……。
女2　そのことは私も知っている……。だから、ワナなんだよこれは、ジョバンニ……。

しかもその男は、ザネリを突き落したのは自分だなんて言い出すじゃないか……。私は怖かったよ……。街全体が、私たちに何かたくらんでいるんじゃないかと思ってね……。もちろん、その時に本当のことを言ってしまえばよかった。でもね、まだ私にはお父さんが必要だったんだよ……。ジョバンニはもういなかったし、お前も隣町へ働きに出ていたから……。そこで私に出来ることと言ったら、お父さんは無実だということを言ってやるだけだった……。変な話じゃないか、どこにもいないお父さんの無実を晴らしてやらなければいけないなんて……。でも、そうでもしなければ、私たちのお父さんは、たちまちいなくなってしまうのさ……。

女4　街の人たちは、何をしようとしているのかしら……？

女2　まだわからないのかい……？　それもこれもみんな、二十三年前のあの事件のあと、そのままこの街を出ていった、ジョバンニ……お前をこの街へ呼びもどすためのワナだよ……。いもしないお父さんに罪を着せたのも、そうすればお前が帰ってきて、お父さんを救うために自分がやったことを白状するだろうと思ってのことさ……。お前が帰ってきたその日に、二十三年前と同じ事件が起きたのもそのせいだよ……。ザネリを救うためにお前は、二十三年前の自分のやったことを白状しなければならない……。いいかね、ジョバンニ、事実はどうあれ、街の人たちはみんな、二十三年前のあの日ザネリを川に突き落したのは、お前だと思っているんだよ……。そしてそのことを、お前の口から白状させようとしているのさ……。

男1　……。

台詞の途中から男4が、汚い大きな袋を引きずって、ゆっくり現われ、そのあたりに立つ……。

女4　出てお行き、ジョバンニ……。お前がザネリを突き落さなかったことなんて、もう誰にも信じてもらえないでしょう……。そうでないことをお前の口から言わせるために、街の人たちはお前を呼びよせようとしているんですから……。

男1　そうですね。でも、それでも、街の人たちは僕を呼んでるんですよ、帰って来いと言ってるんです。もしかしたら、ほほえみながら……。

男4、かすかに口笛を吹く……。

男1　合図です……。一緒にザネリを救いに行こうという合図なんですよ……。ですから僕は、出て行きません……。そう約束をしてしまいましたから、その人と……。

男1、トランクとコーモリ傘を持つ……。

《暗　転》

（七）夜は死者たちの時間の巻

信号機と転轍機はそのまま。暗い中に、男1と男4がうずくまっている。足元にカンテラがひとつ。男4は、頭だけがついた大きな白いぬいぐるみの胴体に、足を糸で縫いつけている。風の音……。

男1　寒くありませんか……？
男4　寒いよ……。もう間もなく冬だからね……。おい、お前……？
男1　何ですか……？

男4　そこんところに、足はなかったか……？
男1　足……？　ああ、これですか……？
男4　そうだ……。こっちへ置いといておくれ……。駄目だよ、踏んじゃあ……。
男1　何をやってるんです、あなたは……？
男4　繕ってやっているのさ、こいつを……。
男1　手伝いましょうか……？
男4　いや、いい……。お前さんには無理だよ、細かい仕事だからね……。
男1　何なんです、それは……？
男4　死体だよ……。鉄道に飛びこんで、手足がバラバラになってしまったんだ……。
男1　何かきっと、つらいことがあったんですね……。
男4　どこかの母親だよ、息子が水に落ちて死んだ……。
男1　それを、縫いつけてやっているんですか……？
男4　そうなんだ……。ともかく、バラバラのままで死なせるわけにもいかないじゃないか。（その部分を縫いつけ終って）どこかその辺に、ハサミがないかい……？
男1　ハサミですか……？　（探して）どんなハサミです……？
男4　どんなって……、普通のハサミだよ、この糸を切る……。

男1　糸を切るんですか……？
男4　そうだよ、このね……。ないのかい、ハサミは……？
男1　それだったら僕が、歯で切ってあげます……。
男4　歯で……？
男1　ええ……。
男4　何の歯だい……？
男1　この……、口の歯ですよ……。いいですか……。（糸を手にして、くわえて切る）これでどうです……。
男4　お前さんには、変な才能があるね……。
男1　次はどれですか……？
男4　次はね……、そこの手を取っておくれ……。
男1　これですか……？
男4　うん……。
男1　でも、これは足ですよ……。
男4　ああ、足でもいい……。
男1　どこへつけるんです……？

男4　だから……、このあたりにね……。
男1　だって、そこへつけるんでしたら手じゃなくちゃ駄目じゃないですか……。
男4　ああ、そうかい……。
男1　そうかいって……（既に縫いつけてあるものを見て）あなた、ここについてるの、これ、足ですよ……。
男4　そうなんだ、だからね、こっちも足にしておいた方がいいだろうと思ってさ……。
男1　だけど、ここは手がついてなくちゃいけないところですよ、ここが肩なんですから……。
男4　わかってるって言ってるじゃないか。でも、そっちに足をつけてしまったんだから、こっちだけ手がついていたんじゃおかしいだろう？
男1　おかしいですけど……、それは、ここに足がついてるのがおかしいんです。
男4　しかし、いいかい、ここに手をつけるとすると、また下の方も、手と足になってしまうんだよ……。
男1　ですから、これ取ってつけかえればいいじゃないですか……。
男4　せっかく私がそこまでやった仕事を、無駄にしようってのかい……？
男1　でも、しようがないじゃないですか……。

男4　何時間かかったと思うんだ、それをひとつ縫いつけるのに……。
男1　だけど、それだったら肩から足がはえて、腰から手が出ることになるんですよ。
男4　お前、どうしてそういうことにこだわるんだ……？
男1　こだわるって……、だって、こだわりますよそれは……。変なんですから……、肩から足がはえてるなんて……。
男4　うるさいって言ってるだろう……？　これは私の仕事なんだ、お前さんの仕事じゃなくてね……。
男1　わかりましたよ……。（坐る）
男4　おい……。
男1　何ですか……？
男4　この、糸の先のところに結び目をつけてくれ……。
男1　いいですよ……。
男4　わかるかい……？　その、先っぽのところだよ……。
男1　わかります……。
男4　だからさ……、お前さんの意見を採用して、ここには手をつけることにするよ……。

男1　その肩のところにですか……？

男4　そうだよ。お前さんその方がいいって言ったんだろう……？

男1　いいって言いましたけどね……、そっちの足をそのままにしてですか……？

男4　これはこのままさ。そのことは今言ったろう？　これは譲れないよ。私は何時間もかけて……。

男4　それだったら、やっぱりここも足の方がいいかい……？

男1　わかりました……。わかりましたけど……。

男4　手の方がいいかな……？　だって、肩からはえてるとなれば、手の方が自然だからね……？

男1　さあ、どうですかね……？

男4　よし、決めた……。もう何も言わなくていいよ。何度も言うようだが、これは私の仕事なんだから……。（仕事をはじめる）

男1　そうですね……。

男4　明日、ザネリはここに来るんですね……？

男1　そうだよ……。寒いかい……？

男1　ええ、だいぶ寒くなりました……。

男４　その袋の中に、毛布が入っている……。それをかぶっているといい……。
男１　この袋ですか……？
男４　ああ……、中をかきまわしてごらん。どこかに入ってるはずだ……。
男１　（中を探って）何か、いろいろと……、（変なものを出して、慌てて手から放す）何です、これは……？
男４　猫だよ……。
男１　死んでるんですか……？
男４　死んでるよ……。何か悪いものを食べたらしくてね……。毛布はないかい……？
男１　（袋の中を探って）ないみたいなんですけどね……。（再び何かを取り出して、捨て）何が入ってるんです、この中には……。
男４　余計なものを出すんじゃないよ……。（男１の出したものを見て）蛇じゃないか、これは……。河原で子供たちに石をぶつけられて死んだんだ……。入れといておくれ……。その猫も……。
男１　（つまんで袋に入れながら）こんなものばかり入ってるんですか、この袋には……。
男４　この街で死んだ、あらゆる死者たちだよ、そこに入っているのは……。

男１　あなたは、何なんです……？

男４　私は、墓守りさ……。それも、ただの墓守りじゃない……。この街で、死に切れないまま死んでいった、あらゆる死者たちのための墓守りなのさ……。

男１　……。

男４　ねえ、お前さん……、考えてみたんだが、やっぱりここについたこの足は、とってこっちへつけかえてやった方がいいかい……？

男１　そうですね……。

男４　もちろん、かなり残念なことではあるよ……。何故なら、私はあんなに一生懸命努力したんだからね、これをここにつけるに当ってはさ……。しかし、お前さんがどうしてもそうしろと言うのなら……。

《暗　転》

（八）古里はやはりほほえんでいたの巻

信号機と転轍機がある。他は何もない。松葉杖をついた男2が、大声で叫びながら、上手から下手へ、ゆっくり通り過ぎる。

男2　死刑だぞう……。死刑がはじまるぞう……。天気輪の丘で、今夜死刑があるぞう……。死刑だぞう……。死刑がはじまるぞう……。（去る）

ほとんど入れ違いに下手から男5が、「高い所に小さな窓のある独房の壁」を描いたドンゴロスの引き幕を引いて現われる。椅子を持った男7が、頭巾だけ取った死神の服装でそれに続く。

男7　いいですか、あなた、みんな楽しみにしてるんです。何てったってこの街では、ここんとこ五十年ばかり、やってないんですからね、死刑というものを……。
男5　五十年てことはないだろう……？
男7　五十年です。それ以上です。ともかく、見てないんですよ、最近の若いものは、一度も……。
男5　わかったよ。私だって別に、絶対やらないって言ってるわけじゃないんだから……。
男7　わかりました……。（椅子を中央に置き）それじゃ……。（上手へ行こうと）
男5　でも、いいかい……。
男7　何ですか……？
男5　あんまりはしゃいじゃいけないよ。
男7　私、はしゃいでなんかいませんよ。
男5　そりゃそうだけどもね……。死刑なんだから、やるのは……。これは言ってみれば、ひどく厳粛なことなんだ……。
男7　わかってます……。ですから、笑ったりなんかしちゃいけないって言うんでしょう？　言っときますよ、みんなに……。（上手に行きかける）

上手より、男3と女1が、一本の棒にいくつかのカンテラを下げ、その前後をそれぞれに持って現われる。女1は、赤んぼをおぶっている。

男7　(すれ違いざま、男3に)やることになったよ。
男3　知ってます……。
男7　(びっくりして立ち止り)どうして知ってるんだ……?
女1　ザネリが言って歩いてましたよ、街中を……。
男5　ザネリが……?
男7　私が言ったんじゃありませんよ。私はまだ、誰にも話してないんですから……。
男5　行ってつかまえてくるんだ、ザネリを……。
男7　わかりました……。

その間、男3と女1は、中央に置いた椅子を半円形に囲むように、持ってきたカンテラを並べはじめる。

男3　(女1に)どんな風にやるのか知ってるかい、死刑というのは……?

女1　知らないわ。どうやるの……？

男3　首に縄をつけてね、ぶら下げるんだ……。

女1　そうすると、どうなるの……？

男3　そうすると、死ぬのさ……。だって、息が出来なくなるからね……。

　　男5は、楽譜台などを用意している。

男5　いいか、お前たち、死刑というのはね、これはもう、とても、大変なことで……。

　　下手より、女3が手押し車を押して、走りこんでくる。

女3　すみません、遅くなりまして……。間に合いました……？　もうやっちゃったなんてことはないでしょうね……？

男3　まだですよ……。

女3　ああ、よかったわ……。五十年ぶりの死刑を見損ったなんてことになったら、私……。（下手遠くへ）大丈夫よ……。まだよ……。早くいらっしゃい……。

男5　何やってるんです、あなたは……？
女3　(下手を指して) あそこで、へたばっちゃってるんです……。で、私に先に行って、もしはじまりそうだったら、もうひとり来るから待つように言ってくれって……。
男5　誰ですか……？、
女3　ほら、あのおじいさんですよ、カネを叩く……。
　トランクとコーモリ傘を持った男1が、トライアングルを持った男4を、抱えるようにして現われる。
男1　どうも……、わざわざ待ってて下さったんですか、私たちのことを……？
男5　そうじゃないよ……。まだ準備だって出来てやしないんだから、ここは……。
男4　ね……。言った通りじゃないか……。こういうものはね、いつも遅れるんだ……。
男1　(男4に) 大丈夫ですか……？
男4　大丈夫じゃないよ……。死にそうだ……。どこか、坐るとこはないかね……？
男1　椅子ありませんか……？

男5　（男3と女1に）お前たち、椅子だ……。

男3と女1、上手へ椅子を取りに行く。入れ違いに男7が椅子をひとつ持って、上手から現われる。

男7　椅子、ここにありますよ……。（引き幕のかたわらに置く）
男1　ここに坐って下さい……。
男4　ありがとう、ともかく死刑囚より前に死にたくはないからね……。（坐る）
男5　（男7に）ザネリはどうした……？
男7　呼んできましたよ……。
男5　どこにいるんだ……？
男7　え……？　ザネリ……？　（上手へ）おい、ザネリ、何やってんだ……？

ザネリ、松葉杖で急ぎ足でやってくる。

男2　私は足が悪いんですからね。（男7に）あなたと同じように走れるわけないじゃ男7　ないですか……。
男7　だから、走れなんて言わなかったよ、私は……。急いでくれって言ったんだ……。

男3と女1、それぞれいくつか椅子を持って、現われる。

男3　(男5に)どうします、この椅子は……。
男5　そのあたりに、こう……、置くんだ……。
女3　見物席だよ……。
女1　坐っていいんですか、これに……?
男7　坐っていいんだ。でも、あんまり前の方にしない方がいい……。
男3　何故……?
男7　ツバを飛ばすかもしれないからね、死刑囚が……。

上手から、男6が自転車を引っぱって走ってくる。自転車の荷台には黒い礼服が縛りつけてある。

男6　申しわけありません。大変なことをしてしまいました。実はですね……、これはやっぱり、取りに帰った方がいいですか……？　と言うのはですね……、もう時間がないということになれば、別なんですが……。
男5　どうしたんです、一体……？
男6　ですからね、今申しましたように、忘れてきてしまったんですよ……。その……どうして忘れたかと言いますとね……。
男7　何を忘れたんですか？
男6　言いましたでしょう、旗ですよ……。
男5　旗……？
男6　死刑執行の旗です……。つまりいいですか、私は家を出る時に……。
下手より、《待って下さい……。まだやっちゃ駄目ですよ……。今、行きますから……》と声があって、女2の寝た車つきのベッドを押した女4が走りこんでくる。
女4　どうしたんですか、これは……？

男5　どうしたって、何がです……？
男1　お母さん……。
女2　ジョバンニかい？　言っておやり、この人たちはね、今夜死刑があるということを、誰も私たちに知らせてよこさなかったんだよ……。
男7　でも、いいですか……。
男2　私は知らせましたよ……。
女4　ザネリが知らせてくれたんです。それまで私たちは知らなかったんです……。
女3　ザネリですよ。私だってザネリに聞いて、走ってきたんです……。
男4　私もザネリに聞いたんだよ……。
女2　でも、今なんです。私たちが聞いたのは、つい今しがたなんですから……。　そんなことってありますか。ですから私たちは、何の用意もしないまま……。
男7　大丈夫ですよ……。ともかく間に合ったんですから……。
男5　いいですか、みなさん……、もう少し慎重に考えて下さい。私たちは今、人ひとりの命を……。
男7　でも、あなた、場所を決めてからじゃなくちゃいけませんよ。（男6に）あなた、その自転車どけて下さい……。

男6　私はどこに坐るんです……？
女1　ここ、あいてますよ……。
男3　ここも、あいてます……。
男1　じゃあ私は、ここに坐らせていただきます……。
男4　昔は、抽選で決めたもんだけどね、席割りは……。
女3　抽選にしましょうか……？
男7　(無視して、ベッドを押し）あなた方は、こっちがいいでしょう……。
女4　でも、うちの母は目が見えないんですよ……。
男7　目が見えない……？
女4　ですから、もっと前にしていただけません……？
男2　だって、目が見えないんじゃ、どこにいたって同じじゃないか……。
女2　音を聞いてみたいんです、私は、死刑の……。
男3　死刑って、音がするのかい……？
男1　うめくとかね、死刑囚が……。
男7　(女2に）音はしません……。ですから、ここでいいんですよ、あなたは……。
女4　うめかないんですか……？

男7　うめきません……。
女2　でも、気配ぐらいはあるでしょう、死んだ時の……？
女1　ですから、触らせてもらったらどうですか、終ったあとの死体を……。
女2　触らせてもらえますか……？
男7　触ったってしようがないでしょう、あんなもの……。ただ死んでるってだけのもんなんですから……。
女4　触らせていただけないんですか？
男5　静かに……。いいですか、これから私たちは……。
男7　ちょっと待って下さい。
男5　だって、もう場所は決まったんだろう……？
男7　場所は何とか決まりましたが、まだ死刑囚が決まってないんですから……。
男5　死刑囚が……？
男7　（男2に）お前さん、やってくれるかい……？
男2　え……？　私がですか……？
男7　しようがないよ。いまさらまた、ああだこうだやってられないんだから……。
男2　私、やったことないんです、一度も……。

男7　当り前じゃないか……。（中央の椅子を示して）ともかく、そこに坐って……。

男2、中央の椅子に坐る。

男5　みなさん、静粛に……。

男4が、トライアングルをチーン、チーンと九回叩く……。男2の坐った椅子を半円形にとり囲んだカンテラに灯が入る。女3がテープ・レコーダーのスイッチを入れ、音楽が流れる。男7が、頭巾をかぶり、死神となり、男2のかたわらに、大きな鎌を持って立つ。

男5　では、ただ今より、死刑を執行致します……。

それまでの早いテンポの展開が嘘のように静まり、突然場面がシリアスなものとなる。

男7　(男2に) 思い残すことはないかい……?
男2　ありません……。
男7　ロープ……。

空より、先の方が輪になったロープがするすると、おりてくる。

男7　立って……。

男2、立ち上る。

男7　その椅子の上に乗るんだ……。松葉杖は持ってやろうか……。
男2　すみません……。(松葉杖を男7に渡し、椅子の上に立つ)
男7　その輪を首にかけて……。そう……。もう少し深く……。だからね……。

男1、何となく不安になって、思わず立ち上っている……。

男7　うん……、それでいいよ。それでね、私が合図をするから……。
男1　（やや、ためらいつつ）ちょっと、待って下さい……。
男5　何だい……？
男1　……、何をするんです……？
男5　何をって……？
男1　……。
男7　（頭巾を取って）どうしたんだい……？
男1　いえ、ですからね、何をするのかと思いまして……。
男7　だって、こいつを死刑にするんじゃないか……。
男1　どうしてですか……？
男5　どうしてって……？　お前さんは何も聞いてないのかい……？　このザネリは、子供を殺したんだよ……。
男1　（まだ、ためらいを残しながら）でも、それは違いますよ……。ですから、もしそのことで、ザネリを死刑にするんでしたら……。
男7　何が違うんだい……？
男1　だって……、本当にそれ、やるんですか、今……？

男5　お前さん、これを遊びだと思っているのかね……？
男1　違いますよ。ザネリは殺してないんです。そんなことはだって、もうみんな知ってることじゃないですか。
男2　俺は殺したんだよ、ジョバンニ。
男1　そうじゃない、ザネリ、君は勘違いをしてるんだ。君は、君の息子があの子を川に突き落したんだと思って、その罪をかぶるつもりでそんなことを言ってるんだ。
男2　違うよ、ジョバンニ。
男1　いやいや、最後まで聞いてくれ。いいかい。君は、君の息子の罪をかぶる必要なんてないんだ。だって、君の息子はやってないんだから……。
男2　やったんだよ……。
男1　やってない。それは私がよく知っているよ。私と同じなんだ、君の息子は。よくいじめられる子は、そういうことをしないんだよ。絶対にしないんだ。だからこそ、いじめられるんだからね。わかるだろう、二十三年前、私が、ザネリ、君を川へ突き落さなかったように、君の息子もあの子を川へ突き落したりはしていない。あの子は、誤って川に落ちたんだ。二十三年前、君が誤って川に落ちたように……。だからね、君は誰の罪もかぶる必要はないんだよ……。

男2　ジョバンニ、俺は俺の息子に聞いてみたよ。お前があの子を川に突き落したのかって……。そうしたらあいつは、そうだって言った……。
男1　嘘だ。
男2　嘘じゃない。
男1　嘘だよ。
男2　ジョバンニ、俺はもう俺の息子を罰したんだ、俺の手で……。
男1　罰した……？
　　空から、赤い雪片と同時に、首をくくられた子供の白いぬいぐるみが、ぶらんとぶら下る。人々、悲鳴をあげる。
男5　ジョバンニ、勘違いしているのはお前さんの方だよ……。私たちは、このザネリが、あの子を川へ突き落したから死刑にするんじゃない……。自分の息子を殺してしまったから死刑にするんだ……。
男1　ワナだ……。
男7　何だい……？

男1　ワナだよ、これは……。二十三年前のあの事件で、私を罪におとしいれるための
　ワナなんだ……。しかし、ザネリ、君は知ってるはずだ、二十三年前私が君を川へ
　突き落さなかったということを……。
男2　俺は、俺の息子があの子を川へ突き落したんだということを知ってるよ……。そ
　うでなくて、どうして自分で自分の息子を殺せると思う……。
男1　ワナだ……。ワナなんだ、これは……。

　この台詞の途中より、人々、それぞれ自分の椅子などを持って、左右に去り
　はじめる。

男1　（人々に）私はやってないんです……。本当ですよ……。聞いて下さい……。本
　当にやってないんですから……。そのことはザネリがよく知っております……。ザ
　ネリ、言ってやってくれ……。私が、突き落したりしてないってことを……おい、
　ザネリ……。どこへ行ったんだ、ザネリ……。本当です、みなさん……。聞いて下
　さい……。おい、ザネリ……。ザネリ！
女2　（去りながら）わかっただろう、ジョバンニ……。街はやっぱり、お前を呼び寄

せたんだよ、ほほえみながらね……。
男1　ワナだ……。
男5　ワナだよ、ジョバンニ、その通りだ……。しかしね、これはお前さんを罪におとしいれるためのワナではない……。お前さんをこの街に帰ってこさせるためのワナさ……。お前さんはね、こんな風にしてしか、この街へは帰ってこられなかったんだよ……。
　男5、引き幕を引いて上手に去る。ロープも、人形も消える。男4だけが残る。
男1　でも、私はやってないんです……。みんな……、どこへ行ったんだ……？　聞いて下さい、私は、やってないんですから……。
男4　およし……。
男1　やってないんです、私は……。
男4　そんなことは、もう誰でも知っているさ……。
男1　知っている……？

男４　知っているんだよ。知らないのは、お前さんだけさ……。
男１　私が、何を知らないんです……？
男４　ザネリの息子も、やらなかった……。でもザネリは、息子にやったと言わせて、罰した……。ザネリはね、息子にやってほしかったんだよ……。
男１　何故……？
男４　憎んでいるのに何もやらないなんて、許せないのさ、ザネリには……。
男１　憎んでいても、何も出来ない人間はどうすればいいんです……？
男４　いいかい、二十三年前、お前はザネリを川へは突き落さなかった……。でもね、よく聞くんだよ、カムパネルラは、お前が川に突き落したザネリを救ったんだ……。自分の命を捨てて……。
男１　……。
男４　何故そんなことになったかわかるかい……？　お前が、ザネリを憎んでいるにもかかわらず、何もしなかったからだ……。この街は二十三年間、そのことにこだわり続けた……。ともかく、カムパネルラだって、まだ死にきれていないんだ、お前にとっても、この街にとっても……。だって、そうだろう……？　カムパネルラ自身は、お前が川に突き落したザネリを救ったにもかかわらず、お前は、ザネリを川に突き落していないんだ……。

男1　どうすればいいんです……？

男4　お前が、ザネリを川に突き落したんだ、ジョバンニ……。

男1　私は、ザネリを川に突き落したりはしていませんよ……。

男4　お前は、ザネリを川に突き落したんだ……。

男1　嘘をつけって言うんですか……？

男4　嘘じゃないよ……。もちろん、事実でもない……。これは、決意なんだ、カムパネルラと、街の人々に対する……。だから、真実なんだよ、ジョバンニ……。

男1　(確かめるように) 私が、ザネリを川に突き落した……。そうすると、どうなるんです……？

男4　その時はじめてお前は、カムパネルラに、死んでいいよって、言ってやることが出来る……。あの転轍機を動かして、銀河鉄道を呼ぶことが出来るんだよ……。

男1、ゆっくり転轍機のところに近づく。

男1　動くんですか……？

男4　やってみるんだ……。もしお前が、真実、ザネリを川に突き落したのなら、動かせる……。

男1、力を入れてみる。動かない……。

男1　動きませんよ……。
男4　もう一度やってみろ……。お前はそのためにこの街に呼びもどされたんだぞ……。

男1、再び力を入れる。

男4　カムパネルラに、死んでいいと言ってやれるのは、お前だけなんだ。そうなんだぞ、ジョバンニ、お前がカムパネルラを殺すんだ。殺してやるんだ……。この街の、ありとあらゆる死者たちに、死んでいいと言ってやるんだ……。いいか、ジョバンニ、父親というものがしなければいけないことは、すべて死んでゆくものに対して、死んでいいと言ってやることなんだ……。

男1、「あ、あ、あ――」と、長く絶叫し、転轍機、ゆっくりと動く。

遠く、その絶叫に呼応するように、「オーン、オーン、オーン」と汽笛が鳴り、たちまち、凄まじい轟音と共に、汽車が近づいてくる。

上手下手より、蒸気機関車のものらしい真白い蒸気が吹き出し、あたりを包む。

汽車、近づいてきて、動輪をきしませて停る。エコーのかかった声が「銀河ステーション、銀河ステーション」と聞こえる。

白い蒸気の中を、黒いコーモリ傘をさした男3が、ゆっくり上手から下手に歩く。男1、茫然とそれを見送る。

男3　(男1とすれ違いながら）さようなら、ジョバンニ……。

男1　さようなら、カムパネルラ……。

男3、下手に消える。突然、動輪のきしむ音。ピーッという汽笛と同時に、汽車、ゆっくりと動き出す。

汽車が遠ざかるに従って、上手より次第に霧が晴れてゆく……。

男4は既に消え、そこに十字の墓標が立っている。上手に汽車を見送る男1の背後に、いつの間にか松葉杖をついた男2と、乳母車を押す女1が立っている。

男2　とうとう行ってしまったね、カムパネルラは……。
女1　それが、あなたのお父さんのお墓よ、ジョバンニ……。

空から、男4の声が聞こえてくる……。

男4　(声だけ)ジョバンニ……、そこから街が見えるかい……? それがお前の街だ……。お前はそこに帰ってきたんだ……。もうだいぶ夜も更けたから、家々の明りも消えはじめているだろうが、お母さんと姉さんの待っている家の灯は、まだついている……。そこへお帰り、ジョバンニ……。もちろん、帰りにあの牛乳屋へ寄って、牛乳を一本、もらってこなければいけないよ。それを持って帰った時、お前の旅は終るんだ……。

三人、立ったまま……。

《暗　転》

諸国を遍歴する二人の騎士の物語

——ドン・キホーテより——

登場人物

騎士1
騎士2
従者1
従者2
医者
看護婦
牧師
宿の亭主
その娘

《第一場》

荒野の一角。枯れ木が一本立っている。「移動式簡易宿泊所」と書かれた汚れた木の看板が、ぶら下っている。かたわらに、粗末なベッドが二つ。申しわけ程度の、古い破れかかった帆布の屋根が、二つのベッドの上にさしかけてある。横に、事務用の机と椅子。机の上に、簡単な筆記用具と宿帳、「御案内」と書かれた札が立っている。手前にテーブルと椅子がいくつか。テーブルの上に、コップと水差し。背後に、黒々と巨大な風車のシルエット。

白衣を着て、聴診器を胸に下げ、頭に反射鏡をつけた医者が、黒い大きなカバンを持った看護婦を従えて、現われる。

医者　おい、見てごらん。ここに何て書いてあると思う……？（看板を読もうとして）えーと……。

看護婦　移動式簡易宿泊所です……。
医者　そうだよ。移動式簡易宿泊所さ……。（あたりを見まわしながら）ということは、どういうことかわかるかい……？
看護婦　こんなところに泊るんですか、今夜は……？
医者　そうじゃないよ。君は何年私と一緒に仕事をしているんだ。私は医者だよ。ここへ泊りに来る客を診察してやるんじゃないか。覚えておくといい。こういうところに泊りに来る客というのはね、たいてい病気だよ……。それも、重いんだ……。
看護婦　でも、誰もいませんけど。
医者　今はね……。しかし、そのうちにやってくるさ。ともかくここは、移動式……（忘れてしまったので、もう一度看板を見ようとする）移動式……。
看護婦　簡易宿泊所です……。
医者　簡易宿泊所なんだから……。つまり、誰かがこのあたりで泊りたくなるに違いないと思って、こいつだってここにこういうものを作って……。しかし、宿の亭主もいないね……。
看護婦　もう、移動しちゃったんじゃありませんか……？
医者　何を言ってるんだ……。移動式簡易……（忘れてしまって、もう一度看板を見ようとする）移動式簡易……。

看護婦　宿泊所です……。

医者　宿泊所だよ……。これは、これがこのまま移動するっていう意味だからね。亭主だけが移動して、簡易宿泊所が残っているなんて、そんな馬鹿なことがある筈ないじゃないか……。と、思うけども……。いないかい、どっか、その辺に……？

看護婦（申しわけ程度に見まわして）いないみたいですね……。

医者　わかった……。

看護婦　お亡くなりになった……？

医者　馬鹿なことを言うんじゃないよ。もし死んじゃったんだとしても、家族のものか何かいそうなもんじゃないか。そうじゃなくてね、病気だよ、これは……。

看護婦　病気……？

医者　それも、急病だね……。（あたりを点検しつつ）ちょっとした推理で、そのことがよくわかるんだ。ね、見たところ、何も彼もそのままにして、慌ただしく出ていったようにしか見えないだろう……？　急に痛み出したんだ……。下腹のこのあたりを、こういう風に押さえていたと思うかい……？

看護婦　誰がです……？

医者　その亭主がさ……。
看護婦　さあ、どうですか……。
医者　だとすれば、盲腸だよ。専門的に言うと虫垂炎さ。もしかしたら、既に破裂して腹膜炎を併発しているかもしれないな。いや、大変だ。そうなると大手術だぞ。君、サルファ剤は用意してきただろうな……。
看護婦　ええ、持ってきていると思いますけど……。（カバンを置いて、中のものを取り出そうとする）
医者　（制して）まだいいよ。そういうわけで、家族のものがつきそって、慌てて出ていったということさ。何しろ、腹膜炎となると、ちょっとした苦しみ方をするからね。このテーブルと、（事務机を示して）それを合せれば、何とか手術台として使えるだろう……。どうだい……？
看護婦　これをそこに寄せるんですか……？
医者　まだいいって言ってるじゃないか。ただの盲腸かもしれないんだし……。ともかくそういうわけで、今そのあたりをうろついているんだよ、奴は、医者を探して……。
看護婦　でも、このあたりにはいないんじゃないんですか、お医者さんは……？

医者　君の、目の前にいるのは誰だい……？
看護婦　もちろん、先生以外にっていう意味ですけど……。
医者　だからさ……、だから結局、私のところへ助けを求めてやって来ざるを得ないということじゃないか……。
看護婦　知らせてやらなくてもいいんですか、先生がここにいらっしゃるということを……？
医者　（椅子に坐りながら）君には何度も言ってやったろう……？　医者というものは、患者に見つけさせてやってこそ、有難味が増すものなんだ……。だからね、奴等が帰ってきても、患者を探して歩きまわってますみたいな顔してちゃ駄目だよ。医者じゃないみたいな感じでね。偶然ここにいたみたいにしてるんだ……。つまり、奴等がこっちから帰ってきて……。どっちから帰ってくるんだい、奴等は……？
看護婦　さあ、知りません……。
医者　まあ、どっちでもいいけど……。そっちじゃない方を向いてるんだ、我々は……。そうすると奴等がやってきて、向うむいてる我々を見つけて、もしかしたらお医者さんじゃありませんか、そうですよ。やあ助かったって、そういう風な調子さ……。わかるだろう……？　そういう時だよ、医者をやっててよかったなあって思うのは

看護婦　……。（テーブルの上の水差しを持ってみて）これ、水かい……？
医者　飲んでいいのかな……？
看護婦　この宿のものじゃありません……？
医者　そんなことはわかっているけどね。もしかしたら、ここを通る人のためにサービスで置いてあるとは思えないかい……？
看護婦　思えませんね……。
医者　うん……。私にも思えない……。
看護婦　ここに泊る人たちのために置いてあるんです……。
医者　そうだろうね……。しかし、どうだい。そうだとすると、この水にちょっと細工をしておけば、泊っている奴等が夜中に下痢をしはじめるとか……、ね、そういうことも出来ないわけじゃないよ……。
看護婦　だって先生、そんなことをしなくてもこういうところに泊りに来る客は、たいてい病気なんだって、おっしゃってたじゃありませんか……。
医者　病気だよ。病気なんだけれどもね、そのことに気がついてない奴が多いんだ……。いいから……、（カバンを示して）その中に何かあるだろう、それらしい、下剤み

たいな……。（立ち上る）

看護婦　（カバンを抱えこんで）駄目です……。

医者　何故……？

看護婦　そんなことやっちゃあ、いつも先生、治せなくなるんじゃありませんか……。

医者　治せるよ、これは、単なる下痢なんだから……。セキリにしようとかコレラにしようとかいうんじゃないんだよ。それに、万が一治せなかったとしても、ちょっと下剤飲ませるだけだからね。放っといても自然に治るんだ……。ともかくよこしなさい、それを……。

看護婦　いやです……。（逃げる）

黒いコーモリ傘をさし、汚い袋を肩にかついだ牧師が、聖書を読みながら現われる。

牧師　どうしました……？

医者　いや、何でもありません……。（看護婦に）こっちへ来なさい……。

看護婦　はい……。（坐る）

牧師　（あたりを見まわして）病人はどこです……？
医者　病人なんていませんよ。どこにも……。
牧師　まさか、もうお亡くなりになったということじゃないでしょうね……？
医者　病人が出てないのに、死ぬわけないじゃないですか。何なんです、あなたは……？
牧師　巡回牧師です。このあたりをまわって、いまわの際の人々のためにお祈りをしてあげるのが役目でしてね……。
医者　どうして私たちの後ばかりつけてまわるんです……。
牧師　つけてまわってなんかいませんよ。ただ私は天の命ずるままに、お亡くなりになる人がいそうなところを、歩いてまわっているだけです……。そうすると何故か、あなた方が先に来ていらっしゃるというわけでして……。
医者　ほかへ行って下さい。ともかくここにはまだ、誰もいないんですから……。
牧師　しかし、ここは……（看板を読もうとする）えーと……。
看護婦　移動式簡易宿泊所です……。
牧師　それです。移動式でしょ。つまり、簡易宿泊所です。ということは、どういうことかわかりますか……？　こういうところへ泊りに来る人は、よくお亡くなりになるんですよ、夜中にポックリね……。医者の手当のかいもなく、というやつです……。（坐って、水差しを示し）この水には、もう何か入れました……？
医者　入れませんよ……。
牧師　それじゃ、一杯ごちそうになろうかな……。（コップに注ぐ）ともかく、すっかり喉がかわいてしまいましてね……。
看護婦　でもそれは、この宿の人が泊る人たちのために用意したものじゃありません？
牧師　なるほど……。（コップの水を水差しにもどしながら）やっぱりもう、何か入れてあるんだ……。
医者　馬鹿なことを言うのはよして下さい。何も入れやしませんでしたよ、私たちは……。（看護婦に）何てことを言うんだ、君は……。
看護婦　だって私は、この水がこの宿の人の用意したものだってことを言っただけですよ……。
牧師　下剤か何かでしょう、どうせ、入れたのは……？
医者　ですから、下剤を入れようかなって、相談はしましたけど、入れなかったんです。入ってないんですよ、まだこれには何んにも……。（看護婦に）そうだろ？
看護婦　そうです……。

牧師　入れましたよ。
医者　入れてません。
牧師　いいじゃないですか。私は別に責めているわけじゃないんです。
医者　責める？　何故責めるんです？　私たちは入れてないんですよ。
牧師　ですから私も、責めてないって言ってるじゃありませんか。あなた方が、あなた方の商売のために努力をすることはいいことです……。私なんか、あなた方がこれに青酸カリを入れたとしても、驚きませんよ。
医者　青酸カリも何も、下剤だって入れなかったんですから、私たちは……。（看護婦に）おい、そうだったんだろう……？
看護婦　そうだったんだろうって、先生だって知ってらっしゃるじゃありませんか。私はいやだって言ったんです……。
医者　いやだって言ったよ。だから私も、そうだなって思って、やめたんじゃないか。（牧師に）本当ですよ、これは……。私たちは入れなかったんです……。
牧師　いいって言ってるじゃありませんか。青酸カリでなくても……。
医者　青酸カリじゃない。下剤も入れてないんです。私たちは……。あなたじゃないんですか、下剤じゃなく青酸カリの方を入れたいと思っているのは……。（看護婦に）そうすれば、私たちの手を借りずに、直接彼の客になるからね……。

牧師　同じことです。たとえそれがただの下剤だったとしても、どうせあなた方には、下痢の患者だって治せるわけがありませんからね……。結局は私のお客さんになるというわけです……。

医者　あいにくですが、万が一治せなかったとしても、私どもの場合、診察料だけはいただけるのですよ……。

牧師　そこがあなた方の商売のいいかげんなところですね……。自慢するわけじゃありませんが、私どもの場合、成功報酬ですよ。もしその人がお祈りを捧げたにもかかわらずお亡くなりにならなかったら、お布施はお返しするんです……。

医者　（看護婦に）いいかい、今夜の下痢の患者だけは、どんなことがあっても絶対に治してみせるからな……。

看護婦　でも先生、私たちはまだ、下剤も入れてないんですよ。

医者　そうだった……。

牧師　入れましたよ。

医者　入れてません。

いつの間にか、食料品などを入れた大きな籠をかかえた宿の亭主が、やってきている。

亭主　何を入れたんだって……？（水差しを持ち上げてのぞきこむ）

医者、牧師、看護婦、それぞれびっくりして立ち上る。

医者　いやいや、今私たちがそれに何んにも入れなかったってことを、説明してやったんだよ……。

亭主　（コップを見て）誰か、飲んだな……？

牧師　とんでもない……。いや、確かに飲もうとしてそれに注いだけども、（看護婦を示し）その人がその水はこの宿のもんだって言うんで、やめたんだ……。

亭主　（牧師に）お前さんかい、飲んだのは……？

牧師　だから今、飲んでないって言ってるじゃないか……。

亭主　そうか……。それならいいんだ……。（あらためて三人を眺め）お前さんたち、泊りかい……？

医者　そうじゃなくてね……。もちろん、泊めてもらってもいいんだが、それよりも、ここに泊りに来た客が病気にでもなった場合私たちがいた方が何かと心強いだろうと思って……。

亭主　だろうと思ったよ……。（籠を片づけたり、仕事をはじめながら）俺が宿を建てると、客よりも前に必ず、その客目当ての商売人が集ってくるんだ……。お前さんたちみたいのばっかりさ……。もっとも、今夜はまず駄目だろうがね……。

牧師　駄目……？　何故……？

亭主　風向きが悪いんだ……。（人差し指をなめて、空にかざし）ね、こっちからこっちへ吹いているだろう……？

三人、それぞれ指をなめて、やってみる。荒野を渡る風が吹き、このあたりから次第に空間が陰影を増し、濃密なものとなってゆく。

亭主　と言うことはさ、こいつはもっと西の方へ建てるべきだったんだ。今夜はね……。確かに今、このあたりをうろついているのが、四人ばかりいるよ……。しかし、そいつらはみんな、風に押されて、あっちへそれる……。（仕事にもどり）だからお

医者　前さんたちもあきらめるんだな……。今夜のところは、病人も死人も出ないよ……。
牧師　じゃあ、どうなんだろうね、私たちも手伝うから、これからその四人がやってくる西の方へ、これを移動させようじゃないか……？
亭主　私も協力しますよ……。
牧師　（仕事をしながら）お前さんたち、何年そんなことをやってきたかしらないが、商売ってものを知らないね……。少くとも宿ってものはさ、客に見つけさせてやってこそ、有難味が増すもんなんだ……。宿の方で客を追いかけちゃいけないよ……。
亭主　それじゃ、どうするんだい……？
牧師　まあせいぜい、お祈りでもすることだな、風向きが変るように……。
風の音にまじって遠くから《埴生の宿》の歌が聞こえてくる。
看護婦　あれは何かしら……？
医者　女の子だね……。ひどく苦しんでいるみたいだな……。
牧師　助けを求めているのかもしれないよ……。
看護婦　私には、歌を歌っているみたいに聞こえますけど……。

やがて、歌は次第に近づき、パラソルを差した宿の娘が、ゆっくり現われる。啞然としている三人を無視してテーブルをまわり、舞台中央あたりで歌いおさめる。

娘　（ほぼ正面を向いたまま）お父様、とうとうやってきましたわ。私たちの待ちに待ったお客様が……。
医者　お父様って……私のことかね……？
亭主　俺のことだよ……。何を言ってるんだ。お前さん、娘なんかいるのかい……？
医者　いないよ。だから変だと思ったんだ、私もね……。
亭主　俺の娘さ……。触るんじゃないよ、汚い手で……。（娘に）どっちからだい……？
娘　（指して）あっちから……。
亭主　なるほど……風向きが変ったんだな……。
娘　風は変ってませんけど、私の歌を聞いて、曲ったんです……。
亭主　曲るんだ。その手の客がいるんだよ。どんな奴だった……。

娘　騎士とその従者です……。
亭主　騎士って、何だい……？
医者　騎士というのはね……。
亭主　お前さんに聞いてんじゃないよ……。
医者　失礼……。
娘　騎士というのは、馬に乗って、槍を持って、かぶとをかぶって、従者を連れて、悪ものをこらしめるために、諸国を遍歴しているんです……。
亭主　いやな予感がしてきたな……。
牧師　馬に乗っているのかい……？
娘　いいえ……。
医者　槍を持っているのかい……？
娘　いいえ……。
看護婦　それじゃ、どうして騎士なの……？
娘　かぶとをかぶっています……。
看護婦　それだけ……？
娘　それに、従者も連れています……。

亭主　強そうな奴かい……。
娘　従者の方ですか……？
亭主　騎士の方さ……。
娘　動くのがやっとって感じでした……。
医者　それなら大丈夫だ……。
亭主　従者の方は……？
娘　生きているのがやっとって感じでした……。
牧師　希望が湧いてきたぞ……。
亭主　何とかなりそうだな……。
娘　ですから私、その二人がここまで無事に辿りつけるかどうかが心配なんです……。
亭主　そんなにひどいのかい……？
娘　ええ……。最初に見た時、枯木が二本立っているのかしらって、私思ったんですもの……。でも、よく見るとそれが動いているんです……。

風が吹く……。

看護婦　一難去って、また一難ね……。
医者　（亭主に）ちょいと確かめておきたいんだが、そいつらがここへ辿りつく前にポックリいってしまった場合だよ、それでもそいつらはお前さんの客かい……？
亭主　当り前じゃないか。ここを目指して歩いている奴は、みんな俺の客なんだ。
医者　それじゃ、その最後の脈は私にとらしてもらうよ……。
牧師　その後で、私がお祈りすることにしよう……。
娘　行って、見て来ましょうか……？　まだ動いているかどうか……？
医者　そうだね……。
亭主　いや、待とう……。
牧師　待って、来なかったら……？
亭主　来なかったら、その時に拾いにいけばいいんだよ。ともかく、ひとまずみんなどっかへ行っちゃってくれ。客を迎える準備をしなければいけないからな……。
医者　いいじゃないか、ここんところはみんな揃って……。
牧師　そうだよ……。
亭主　あれは、俺の客だよ……。（娘に）テーブルの方を頼む……。（自分は事務机の方へ）

娘　はい……。（パラソルをたたみ、エプロンをして、布巾でテーブルの上をふこうと）
牧師　私たちの客でもあるんだから……。
亭主　（仕事をしながら）俺の娘が歌を歌ったんで、こっちへ曲ったんだ……。そうでもなければ、風に吹かれてそのままあっちの方へ流れていってしまったよ……。
看護婦　来たわ……。
亭主　来た？
医者　もうかい……？
看護婦　でも、あれかしら……？

《どいた、どいた》と声がして、何やら遠くから近づいてくる気配……。

亭主　本当だ……。来たぞ……。気をつけろ……。大変だ……。おい、そのテーブルをのけろ。水差しを取って。椅子も……。早く……。あぶない……。おい……。

リアカーの上に椅子を置き、そこに、つぶれた洗面器のかぶとをかぶり、汚れた布をテッペンに結びつけた長い杖を持って、騎士1が坐り、それを、これもひしゃげたなべのかぶとをかぶった従者1が引いて、ドタドタと走ってくる。

従者1　どいた、どいた、どいた、どいた、どいた……。

騎士1　(前方の何ものかを威嚇するように叫ぶ)うおーっ……。

亭主に言われて、娘が水差しとコップを、牧師と亭主がテーブルを、医者と看護婦が椅子を持って、間一髪、リアカーのために道をあける。リアカー、そのまま走り去る。

医者　何だい、あれは……？

亭主　(娘に)今のがそうなのか……？

娘　いいえ、違います……。私の見たのは確か、もっと細くて、もっと遅かったんです……。

牧師　あれじゃなくてよかったよ……。見てくれほど強くもなさそうだったけど、ともかく、めくらめっぽうなんだから……。

それぞれ、椅子やテーブルをもとにもどしながら……。

娘　私の見た方は、細くて遅い上に、もっと静かで、知的で……。
看護婦　(振り返って見て)それじゃ、あれかしら……？
娘　(すかして見て、確かめ)そうです、あれです……。
医者　どれ……？
娘　(指さして)ですから、あの……。
医者　え……？　(と、角度を変えてみて)あれって……それがそうかい……？
亭主　どれがそうだって……？
看護婦　見えませんか、そこの……。そんなに遠くじゃなく、すぐそこの……。
亭主　ああ……。
牧師　動いてないんじゃないか……？
娘　動いてますよ……。じっと見ていると、そのうち動いていることに気がつくんです……。

全員、じっと見る……。

医者　(思わずつんのめって)　おっと……本当だ、動いたよ……。
娘　ね……。
亭主　意外に早いじゃないか……。
牧師　さっきの、あれほどじゃないにしてもね……。
看護婦　でも、もうひとつの方は動いてませんよ……。
娘　あれも動きます。そのうちに……。
医者　具合が悪いんじゃないのかな……？
亭主　さあ、みんな、どっかへ行っちゃってくれ……。
牧師　いいじゃないか……。
医者　病気かもしれないんだし……。
娘　ビックリするんです、お客さまが……。あんまり多勢いらっしゃると……。
亭主　ビックリするんだから……。俺は俺の客を、驚かせたくないんだ……。

亭主に押されて、三人やや後退りをしようとしたところへ、つぶれた洗面器のかぶとをかぶり、ぼろぼろのマントを着、汚れた布をテッペンに結びつけた長い杖をついた騎士2が、ゆっくり現われる。

騎士2　やあ、みんな……。ビックリしたかい……？　いや、驚かなくていいよ……。別に、一個師団が攻めのぼってきたわけじゃない……。（ゆっくり歩きながら）でも、お前さんたち、そのあたりにあるものを壊されたくなかったら、急いでどこかへ、片づけといた方がいいよ……。何故ってこれから私は、シップウのように、ここを走り抜けるからね……。（もう一度言い方を確かめて）シップウのようにさ……。（近づいてきた娘に）ちょっと、言ってみてくれないか……？

娘　疾風のようにですね……？　（騎士2の身体を支える）

騎士2　そうだ……。風のようにって意味だよ……。それも、疾風だからね……。目にもとまらないんだ、これは……。みんな、何してるんだい……？

娘　お待ちしてたんです、あなたを……。

騎士2　待ってたって駄目だよ……。走り抜けるんだから、私は……。風のようにね……。マントをひるがえしてさ……。マントのひるがえっているのが見えるかい……。

…？
娘　ええ、でも……せっかくですから、ひと休みしてらしたらいかがですか……。あちらの方も、だいぶお疲れのようですから……。
騎士2　あちらって……？（上手を示して）あれかい……？
娘　ええ……。
騎士2　あれはもう駄目だよ……。
既にテーブルに近づいている。テーブルの近くに亭主。三人は、亭主に追いやられて木の下手あたり……。
亭主　駄目と申しますと……？（自然に、椅子をすすめる）
騎士2　（自然にそれに坐って）息絶えたんだ、あそこでね……。遂に、という奴さ……。
牧師　（思わず近づいて）お亡くなりになったんですか……？（亭主に追い返される）
騎士2　その気があったら、後で砂でもひとつかみ、かけてやっておいておくれ……。

娘　でも、今まであなたと一緒に旅をしてらしたんじゃありませんか……？、
騎士2　（ややしんみりして）そうなんだ……。こうなったから言うんじゃないんだが……どうしようもない奴だったよ、あいつは……。
亭主　それでも、荷物なんかは……？
看護婦　ちょっと、待って……。動きましたよ、今……。
医者　動いた……？
娘　本当……、動いてますよ……。
騎士2　心配しなくていい、断末魔という奴だよ……。つまりね、人間という奴は死ぬ前に、ちょっと動いてみたくなるんだ。別に生きているわけじゃない……。ただ、動いてるってだけのものなんだから……。
看護婦　でも、歩いてますよ……。
牧師　こっちへ来ようとしてるんじゃないかな……？
亭主　（騎士2に）どうします……？
騎士2　そうだね……、どっかその辺に棒か何かないかい……？
亭主　棒ですか……？　（見まわす）
娘　棒で何するんです……？

騎士2　(自分で持っている杖に気付いて)あ、これでいい……。これでね……(亭主に渡し)あいつの……(後頭部のあたりを示して)ここんところを、ガツンとやってくるんだ……。
医者　殺すんですか……?
騎士2　殺すんじゃないよ。だって、あいつはもう死んでるんだから……。ただそのことに気がついていないからね、気をつかせてやるだけじゃないか……。
娘　あなたの方を見て笑ってますよ……。
騎士2　笑ってる……?
娘　ええ……。
騎士2　何故笑うんだい……?
亭主　知りませんが……。
看護婦　嬉しいんじゃありませんか、動けることがわかって……。
騎士2　嫌な奴なんだ、本当にね……。あいつが動けることがわかったたって、こっちは嬉しくも何ともないよ。それなのにあいつは、こっちまで嬉しがってるって、そう思ってるんだ……。おい、いいかい、あいつが来ても、居ないふりをしよう……。
牧師　そうするとどうなるんです……?

騎士2　そうするとさ、あいつもここには誰も居ないと思って、どこかへ行ってしまうよ……。

従者2　やあ、こんばんは……。

ひしゃげたなべのかぶとをかぶり、大きな汚れたドンゴロスの袋をかつぎ、短い杖をついた従者2が、ほとんど這うようにして現われる。

騎士2　みんな、居ないんだぞ……。

従者2　(それに構わず、テーブルの方に近づきながら) 申しわけありません、遅れてしまいまして……。本当なら私が先に着いて、後からうちの旦那が来ますんでよろしくって、そう言わなくちゃいけないところなんですけどね、あいにく、そこんところで、靴のひもが切れちゃいまして……。

騎士2　(皆に) 嘘だよ……。

従者2　(無視して) 今朝から切れそうだ切れそうだと思っていたのが、その通りになってしまったというわけでして……。しょうがありませんから旦那に、先に行って下さいと……。やれやれ……。(娘に) きれいな方ですね……。もしかしたらあなたは、この宿の娘さんじゃありませんか……？
娘　ええ、そうですけど……。（逃げる）
従者2　もちろん私は、旦那に先に行ってもらって、その旦那に万一のことがありましたら、直ちに駆けつけて仇を討つつもりでいましたよ……。（亭主に）あなたがこの宿の御主人ですか……？
亭主　そうだよ……。（逃げる）
従者2　それが騎士に従って旅をするもののつとめです……。もしうちの旦那が、宿の用意してくれた水を飲んで死んだら……。（テーブルの上の水差しを指して）このことを言ってるんじゃありませんよ私は……。その死体を埋葬する前に……もちろん、そのひとつかみの砂をかける程度の礼は払いますが、誰がこの中に毒を入れたのか……？
医者　何も入ってませんよ、その中には……。
従者2　（水差しをのぞきこんで）空《から》ですか、これは……？
牧師　いや、水は入ってますけどね……。
従者2　ですから、その水の中に誰が毒を入れて、誰がそれをうちの旦那に飲ませて、殺したかです……。

騎士2　黙らせろ、そいつを……。
従者2　そのことを私は、ここで追及させてもらいます……。いいですか……？　何故それを追及しなければいけないかと言いますと……。
騎士2　黙らせろ。
亭主　しかし、居ないんじゃありませんか、我々は……。
騎士2　だって、居るんだから、現に……。
従者2　（看護婦に）あなたですか、毒を入れたのは……？
看護婦　違います……。
騎士2　おい……。
医者　（従者2に）黙れって言ってますよ、あの方が……。
従者2　黙りますよ、もちろん……。（荷物をおろす）
亭主　（それを受けとって奥へ運ぼうとしながら）黙りました……。
従者2　私だって別に、しゃべりたくてしゃべってるわけじゃないんです。でもうちの旦那は、私がほんのちょっとしゃべるのをやめると、死んだんじゃないかなって思うんです。それですから私は、しゃべりたくなくても、うちの旦那に死んだんじゃないかって思われないように、いつもいつも、旦那がそう思うより前に……。

騎士2　黙ってやしないじゃないか、ちっとも……。
亭主（奥から出てきて）黙れ。
従者2　はい……。
騎士2　ね……？　私はこいつを見ていると時々、世の中には、生きてない方がいいんじゃないかって人間もいるんじゃないかって、そんな気がしてくるよ……。
娘　でも、あなたの従者なんじゃありません……？
騎士2　だからさ……。（かぶとをぬごうとして）ちょっと、このかぶとをぬごう……。（娘に手伝わせて、ぬぐ）こいつと一緒にいると、ただその辺に立っているだけで、人生最大の試練を受けているような気がするんだ……。
牧師（従者2に近づき）だいぶお疲れのようですが……。
騎士2（かぶとを片づけようとする亭主に）どこか、その辺に置いといてくれ……。このあたりには、我々に害をなすものも、いないようだからな……。
いざという時に早速困るからね……。（牧師に）疲れちゃいないさ。こいつはね、疲れるということがどういうことか、わからないんだ……。
医者　ちょっと、診察させていただいて構いませんか……？
騎士2　いいとも……。診察するのは自由だよ。私はいつでもこいつを、人々の自由研究のために提供してきたんだ、もちろん、ただでね……。
医者　ただって……。この場合はただってわけではありませんが……。
騎士2　それじゃ、金をくれるのかい……？
医者　いえいえ、そういうわけじゃなく……。
看護婦　（その間、従者2の脈を診ていたのだが）あら……。
医者　何だい……？
看護婦　脈がありません……。
医者　脈がない……？
看護婦　ええ……。（怖れて立ち上る）
亭主　死んでるのかい……？
看護婦　だって、脈がないんですから……。
牧師　さっきまではあんなに元気だったのになあ……。
従者2　だから……。（面倒臭そうに顔をあげて）だから言っときましたでしょう？　私がちょっとしゃべるのをやめると、すぐうちの旦那は、死んだんじゃないかなって考えるんですから……。
騎士2　私じゃないよ、死んでるって言ったのは……。

従者2　ともかく、私はしゃべっていなければいけないんです……。
騎士2　しゃべらなくていい。（看護婦を示して）こいつは、お前がしゃべらないから死んだと思ったんじゃなくて、脈がないから死んだと思ったんだから……。（看護婦に）いいかね、こいつにはもともと脈なんかないんだ……。
看護婦　脈、ないんですか……？
騎士2　ないんだ……。だからね、脈なんかなくたって、死んだと思っちゃいけないよ。死んでいるか生きているか調べようと思ったら、しゃべっているかしゃべっていないかということを……。
従者2　だから私は、しゃべっていなければ……。
騎士2　うるさい。（看護婦に）それでね、しゃべっていなくても、生きてる場合があるんだ……。（従者2に）だから、いいよ、もう黙ってて……。
従者2　わかりました……。（再び坐り、テーブルに顔を伏せる）
騎士2　もういいかげんにしてもらえないかな、そいつにちょっかいを出すのは……。生きていない方がいいんじゃないかなって思える奴にかぎって、生きていたがるんだから……。
医者　すみません……。しかし、脈がないとなりますと、この方はどういう風にして生

きておられるんでしょう……?、

騎士2　どういう風に生きてるのかなんて、私の方で知りたいよ。もしかしたら、脈のかわりにしゃべるんじゃないかな、こいつは……。

従者2　(顔を上げて) しゃべるんですか……?

騎士2　そうじゃない……。

従者2　ああ……。(顔を伏せる)

騎士2　ともかく、こいつにちょっかいを出すのをやめるだけじゃなくてね、こいつの話をするのをやめよう。こいつのことを考えるのもやめるんだ……。

娘　(奥から出てきて、騎士2に) そろそろ、お食事の用意をさせていただいても、かまいませんか……?

騎士2　お食事って何だい……?

娘　お食事って言いますのは……、あの……。えっ……? 失礼ですけどあなた、今、お食事って何だいってお聞きになりました……?

騎士2　聞いたよ……。

娘　ですから、お食事って言いますのはですね……、こういう風に……(と、何やらわけのわからない手つきをして) たとえば、こちらの手に持っておりますのがフォークで、こちらの手に持っておりますのがナイフだとしますと……。
ガチャン、ガチャンと、金属と金属の触れあう音が近づいてきて、なべのかぶとをかぶり、金属の胸当てとすね当てをつけ、それにフォークだのナイフだのをぶら下げ、腰にくさりを巻き、錆びた槍を持った従者1が、ロボットのようにやってくる。一度通り過ぎたものが、正装して再び現われたのである。なべに小さな穴が二つあいていて、そこから前方が見えることになっているのだが、よく見えないのであろう、むしろ気配を探りとろうとしている。

従者1 (立ち止り、誰にともなく) こんばんは……。誰かいませんか……? 確かこの辺に誰かいるはずなんですが……。おかしいな……。(ガチャン、ガチャンと音をさせて、ぎこちなく向きを変える) 誰もいませんか……?
騎士2 いるよ……。
従者1 ああ、いますか……。(ガチャ、ガチャと動いて) どこです……?
騎士2 ここだよ……。
従者1 何だ、そっちか……。私はまた、こっちかと思ったもんですから……。(ガチャ、ガチャと動いて）いないじゃないですか……。
騎士2　そっちじゃない、こっちだ……。
従者1　（動いて）どっちです……？
亭主　こっちだよ、こっち……。（コップでテーブルを叩いてみせる）
従者1　ですからね、そっちだこっちだって言わないで、北とか南とか東とか西とか……。あ、いました……。
騎士2　何だい、お前さんは……？
従者1　やってきたんです……。
騎士2　やってきたのはわかってるよ。たいそうなやってきかただったからね……。私の聞いてるのは、何しにやってきたんだいって、そう言う意味さ。まさか、花を売りに来たんじゃないんだろう……。
従者1　花を売りに来たんじゃありません。決闘するために来たんです……。
騎士2　決闘……？
従者1　ええ……。
騎士2　誰と……？
従者1　あなたとです……。

騎士2　そうすると、どうなるんだい……？
従者1　そうするとって言うのは、つまり、決闘に勝つとっていう意味ですね……？
騎士2　まあ、そうだよ……。
従者1　決闘に勝ったものの方が、その人を自由にしてやるんです……。
　もちろん、従者1は娘のことを言ったのだが、騎士2は、亭主のことだと思う。
騎士2　（亭主を示し）こいつをかい……？
従者1　ええ……。
騎士2　こいつを自由にしてやるくらいなら、私は負けた方がいいよ……。
従者2　（従者1に）あなたの言っているのは、この娘さんの方のことじゃないんですか……？
従者1　そうですよ、もちろん……。
騎士2　あ、こっちか……。
従者1　そうじゃない方の人もいるんですか、ここには……。

騎士2　なるほど、こっちね……。（娘に）お前さん、不自由なのかい……？
娘　いいえ、別にそれほどでもないんですけど……。
騎士2　（従者1に）それほどでもないそうだよ……。
従者1　でも、少なくとも少しは不自由なんですから……。
騎士2　よし、わかった……。
従者2　やるんですか……？
騎士2　しょうがないよ……。しかし、立つのがおっくうだね……。（従者1に）おい、お前さん……。お前さんはその槍でやるのか……？
従者1　私……？　私じゃありませんよ、やるのは……。つまり、もしあなたのおっしゃっているのが、決闘のことでしたら……。
騎士2　それじゃ、誰がやるんだい……？
従者1　誰がって……？　（あたりをうかがって、すぐそばにいるかのように呼んでみる）旦那……。旦那……。（やや大きく）旦那……。（皆に）すみません、どこかその辺に、うちの旦那はいませんか……？
従者2　（立ち上ってきて）旦那って、どういう……？

坐っている騎士2と、食卓の用意をしている亭主と娘を残して、全員、従者1の方にやってくる。

従者1　ですから……、（手で示して）こういう……。
医者　丸いのかい……？
従者1　丸くはありませんよ。そうじゃなくて、普通の、こういう……。
　何となく全員、地面に落ちているものを探そうとするような格好……。
看護婦　だって、それは人でしょう……？
従者1　人です……。私の旦那ですから……。
看護婦　それじゃ、もっと大きいんじゃありません……？
従者1　大きいんです。私より大きいんですから……。
牧師　お前さんより大きいのかい……？
従者1　ええ……。
牧師　それじゃ、上だ……。（上を向く）

医者　でも、浮いてるわけじゃないんだろう……？
従者1　浮いてませんよ。ちゃんとこういう風に立って……。
医者　(牧師に) 浮いてるわけじゃないんだから……。普通にこういう風に見て、ぐるっと見まわせば……。

騎士1、洗面器のかぶとをかぶり、汚れたマントを着、長い杖をついて、ゆっくり現われる。

騎士1　お前さんたちの探しているのは、こういうタイプの奴かい……？
従者2　これだ……。(従者1に) じゃないのか……？
従者1　どれ……？
看護婦　(従者1の顔をそちらに向けてやる) こっちよ……。
従者1　これです……。旦那、どこにいたんですか、私はてっきりこのあたりにいるものと思いまして……。(近づこうとする)
医者　丸くないじゃないか……。
牧師　丸くないんです……。

騎士1　(テーブルの方に歩きながら) 私は神出鬼没なのさ……。ここと思えばあそこっていうようにね……。(従者2に、従者1を示して) そいつを私に近づけないでくれ……。

従者2　だって、こいつはあなたの従者じゃないんですか……?

騎士1　そいつはそう思っているらしいんだがね、私はそう思っていないんだ……。(椅子に坐る)

従者1　(なおも近づいて) でも私は、ちゃんと申しこんでおきましたよ、決闘のことは……。

騎士1　で、勝ったのか……?

従者1　勝ったのかって……だって、それは私がやるんですか、決闘は……?

騎士1　いや、そうじゃないけどね……、私がくるまでの間に、やってしまったのなら、それはそれでもいいと思ったのさ……。(騎士2に) 居ないふりをしているのかね……?

騎士2　そうじゃない。私は居ないんだ、もともと……。

騎士1　そうか……。どうもそうじゃないかと思っていたんだ……。言っとくけど、私も居ないよ……。

騎士2　ああ、だろうね……。
騎士1　（テーブルの上の水差しを示して）そいつは水かい……？
娘　ええ、そうです……。お飲みになりますか……？　（コップに注ぐ）
騎士1　いや、飲むわけじゃないんだ……。私がそれは水かいって聞いたのはね、もしかしたらそれは、毒なんじゃないかなって、そう思ったせいなんだ……。注いじゃったのかい……？
娘　ええ……、すみません……。
従者1　いいですよ、それじゃそれは、私が飲ませてもらいます……。
　娘から従者2へ、それから従者1へコップが手渡されようとする。医者と看護婦と牧師は、それとなくコップを逃れて、騎士1の背後にまわる。
騎士1　駄目だよ、そいつに水を飲ましちゃあ……。
従者2　（コップを持ったまま）何故です……？　だって、飲みたいって言ってるんですよ、こいつは……。
騎士1　そいつは一日中、水ばっかり飲んでるんだ。それ以上飲んだら、錆びついて動けなくなるよ。こっちへよこしてごらん……。

コップは、従者2から娘へ、娘から騎士1へ手渡される。

従者1　(それを追って)飲ませて下さい。喉がカラカラなんです……。
騎士1　(コップをのぞきこんで)駄目だよ。こんなに入ってるじゃないか……。
従者1　頼みます、旦那……。
騎士1　それじゃ、半分だけだよ……。
従者1　半分だけでいいです……。
騎士1　(かたわらの看護婦に)先に半分だけ飲んじゃってくれるかね……？
看護婦　はい……。(思わず受け取って、がぶりと飲む)

一瞬、シンとする。看護婦、うめき、目をむき、喉をかきむしって、その場に倒れる。全員、動かない……。気がついて医者が走りより、診る。

医者　死んでます……。(ぼんやり立ち上る)

従者2　やっぱり毒が入っていたんだ。やっぱり毒が入っていたんですよ。だから私がさっきそう言ったじゃありませんか。もしかしたらこれには毒が入っていて、つまり誰かがこれに毒を入れて……。
騎士2　黙れ……。
従者2　はい……。
牧師　(医者に)お前さんじゃないのかい、入れたのは……?
医者　私じゃない。だって、私が入れたんじゃないってことは、この……、(気がついて死体を指し)こいつだけだったんだ、知っていたのは……。
　風が吹く。テーブルには、既に二人分の食事の用意がしてある……。
騎士1　(ナプキンで指先をぬぐいながら)片づけたらどうだい……?　もっとも、死骸を見ながら食事するっていうのも、悪くはないが……。
　テーブルの騎士二人と、娘を残して、全員死体をかついで去る。娘、騎士二人のカップに、ワインを注ぐ。

娘　どうぞ……。（奥へ去る）

　二人だけになると、何となく二人とも、騎士というよりは、老人に見えてくる。

騎士2　（カップを手にして、一口飲み）今のは、お前さんかい……？
騎士1　（これも一口飲み）何が……？
騎士2　（死体の去った方を示し）あれをやったのは……？
騎士1　ほんのあいさつ代りだよ……。（ククと、笑いをかみ殺して）見ていたかい、指先の手品という奴さ……。
騎士2　まあ、かなりの手際ではあったがね、私なら、耳にするね……。

　中央にパン籠が置いてあり、それをちぎって口に入れたりしながら……。

騎士1　耳に……？　そりゃどういう意味だい……？

騎士2　耳に毒を入れた方が、効き目が遅いからね……、その分だけ、苦しみも大きいというわけさ……。うめきながら、少くともそこから、あのあたりまでのたうちまわったね……。今のは、そこからそこまでだったろう……？
騎士1　いやいや、あそこまでいったよ……。
騎士2　しかし、耳に入れてやった場合は、あそこまでなんだから……。しかも、こう、苦しみながらね……。
騎士1　でも、いいかい、それじゃコップの水を、耳で飲めって言ってやるのかい……？
騎士2　だからね、その点に問題があることはあるんだが……。

遠く、教会の鐘が鳴る……。

騎士1　鐘が鳴っているよ……。ああ、いいもんだね……。
騎士2　何が……？
騎士1　だからさ……、人が死んで、鐘が鳴って、しかも夜でさ……。
騎士2　ああ……、しかもその死んだのが、自分じゃないというところが、何とも言えないね……。

騎士1　そうなんだ……。そうなんだよ、お前さん……。

二人、じっと鐘の音に聞き入って……。

《暗　転》

《第二場》

情景はそのまま。ベッドの場所は、汚いカーテンでさえぎられ、テーブルでは、騎士1と騎士2が、相変らずゆっくり、ちびちびと食事をしている。背後の闇の中に、医者、牧師、従者1、従者2が立っており、どうやら二人の食事の済むのを、苛々しながら待っている様子である。時々、見にきて、がっかりして引っこんだりしている。カーテンのかげから、亭主も時に顔を出して見たりしている。風の音……。

騎士1　（ふと手を止めて顔をあげ）おや……？
騎士2　何だい……？
騎士1　秋かな……？
騎士2　秋……？
騎士1　うん、今ちょっと顔をあげたらね、それらしいものが、鼻へきた……。

騎士2　鼻へ……？　そいつは、秋じゃない。
騎士1　秋じゃないかい……？
騎士2　そうか……。それじゃ今、私の鼻へきたのは何だろう……？
騎士1　愛だよ……。
騎士2　愛か、今のは……？
騎士1　愛さ……。人間というやつはね、年をとると、愛を鼻で感じとるんだよ……。
騎士2　鼻でね……。（皿にもどり）どうもそうじゃないかとは思ってたんだ……。
騎士1　（騎士1の皿を示して）そいつは、うまいかい……？
騎士2　まずいよ……。
騎士1　だろうね……。さっき、私も食べてみてまずかった……。
騎士2　（平然と食べ続けながら）どうしてそれを先に言ってくれないんだ……。
騎士1　お前さんが何て言うか、聞いてみたいと思ってね……。
騎士2　（味わって）まずい……。
騎士1　それじゃ、やっぱり、あれは本当にまずかったんだ……。
騎士2　（皿の中のもうひとつのものを指して）こいつはどうだい……？

騎士2　（自分の皿の中の同じものをじっと見て）間違いないね、もっとまずいよ……。
騎士1　やってみるか……？
騎士2　やってみよう……。
騎士1　しかし、待てよ……。
騎士2　何だい……？
騎士1　私は今、愛を感じたんだ……。
騎士2　そうだよ、鼻でね……。
騎士1　（ナプキンで鼻をかんで）何はともあれさ。つまり、誰かに愛されるんだ、私は……。
騎士2　それとも私がね……。
騎士1　私が感じたんだぜ、その愛は……。私のこの鼻がさ……。
騎士2　風がこう吹いてるだろう……？　だからね、愛がこうきてこう曲ったんだ……。
騎士1　曲るのかい、愛は……？
騎士2　風向き次第さ……。（皿へもどる）
騎士1　（これも皿へもどって）あの亭主かな……？
騎士2　何が……？

騎士1　お前さんに愛をふりそそいでいるのは……。
騎士2　もしかしたら、あの娘かもしれないよ……。
騎士1　あの死んだやつかい……。
騎士2　まだ死んでない方さ……。
騎士1　（口の中のものを味わいながら）どうだ……？
騎士2　（これも味わいながら）これか……？
騎士1　うん……。
騎士2　馬糞に塩をかけて食べたことがあるがね、あれよりちょっと落ちる……。
騎士1　私は、塩をかけないで馬糞を食べたことがあるがね、それとだいたい同じくらいだ……。
騎士2　そいつは、まずいという意味かい……？
騎士1　お前さん、うまいという意味だと思ったのか……？
騎士2　いやいや、まずいという意味らしいと思ったがね……。ところでお前さん、馬はどうした……？
騎士1　馬のことは聞かないでくれ……。思い出したくないんだ……。
騎士2　わかったよ……。私も同じさ……。食べてしまったんだろう……？

騎士1　食べてしまった……。泣きながらね……。
騎士2　私も泣いたよ、食べながら……。せめてものなぐさめは、そいつがかなりうまかったことさ……。
騎士1　うまかった……？
騎士2　かなりね……。
騎士1　それじゃ、どうして泣いたんだ……？
騎士2　どうしてって……。ともかく、そいつは私の乗ってた馬だったからね……。乗り心地はひどいもんだったが……。
騎士1　私が泣いたのは、そいつがまずかったせいだ……。
騎士2　まずかった……？
騎士1　まずかったよ……。ひどいもんだった……。あんなことなら、乗ってた方がよっぽどよかった……。
騎士2　もしかしたらお前さん、塩をかけるのを忘れたんじゃないのかい……？
騎士1　塩を……？
騎士2　馬糞もそうだが、馬をうまく食べるためのコツは、塩をかけることとさ、それと胡椒をね……。

騎士1　塩と胡椒か……。（テーブルを見渡して）おい、もう何もないのかい、食べるものは……？

騎士2　あらかたやっつけたようだな……。

騎士1　しかし、あの馬は駄目だよ。たとえ塩と胡椒をかけてもね……。なかなかよく歩く馬じゃあったんだが……。

騎士2　そうしたものさ……。よく歩く馬に限ってまずい……。

騎士1　そうなんだ……。しかも、いいかい、ここが肝心なところなんだが、食べてしまってからでは、歩かせといた方がよかったと思っても、もう遅いんだ……。

騎士2　ああ、そいつは泣けるよね……。

騎士1　泣けるよ……。

騎士2　どうだい、口汚しにもうひと皿ふた皿やってみるかい……？

騎士1　やってみよう……。どんなにまずくても、あの馬ほどじゃないだろうからな……。

騎士2、フォークの先でコップをちんちんと叩く。娘、現われる……。

娘　あの、何か……？
騎士2　ああ、いや……何でもいいけどね、もうひと皿かふた皿、やってみようと思うんだ……。うん、どうせまずいよ……。そいつはわかってるけどさ……。
娘　（やや、とまどいつつ）お召しあがりになるんですか……？
騎士1　そうだよ……。別に踏みつぶそうってわけじゃない……。
娘　すみません、ちょっとお待ちになって下さい……。（小走りに引っこむ）
騎士2　悪くない娘だよ……。
騎士1　そうかい……。
騎士2　見ただろう……？
騎士1　でも、匂いがしなかった……。
騎士2　もう一度呼んでみてやろうか……。（フォークを持って）こいつを叩くと出てくるんだ、あいつは……。

ちんちんと叩こうとしたとたん、奥で《ワアーッ》という亭主の叫び声がし、同時に食料品の入った籠が、空のまま投げ出される。亭主が姿を現わす。

騎士　何だい……？
亭主　何だいじゃないよ。まだ食べようってのかい、お前さんたちは……？
騎士2　（ややひるみながら）だから、もうひと皿かふた皿……。
亭主　ひと皿もふた皿も……見てくれよ、これを……（と、空の籠を指し）もう何も残っちゃいないんだから……。全部食べちゃったんですぜ、お前さんたちが……。
騎士1　どんなにまずくてもいいって言ってるんだ、私たちは……。
亭主　まずかろうとうまかろうと、とにかく何んにもないんだからここには……。（籠を手に持って）ほら……さかさに振ってもパン粉も落ちてこないじゃないか……。
　　闇の中から、牧師、医者、従者1、従者2が、事情を知って不安そうに出てくる。
亭主　ゆうべまでここには、こんな風に（と、手で山を作って見せ）詰まってたんだ、喰いものがね……。それを全部喰っちまったんだよ、お前さんたちは……。
医者　全部……？
亭主　全部さ……。

娘、姿を現わす……。

亭主　今夜、俺達がここで喰うもの全部だ。しかも、それだけじゃないよ。ここには、明日の朝の分と、昼の分まで入ってたんだからな。それをこいつら、全部喰っちまいやがって……。

騎士2　（騎士1に）お前さん、歌を歌っているのかい……？

騎士1　いやいや、歌ってないよ歌なんか……。

牧師　（亭主に）どうしてそのことを言ってやんなかったんです、この人たちに……。

亭主　言ってやろうにも何も……（娘に）どうして言ってやんなかったんだ、お前さんたちの分はもうないよって……。

娘　ですから、言おうと思ったんですけど、少しずつ、もうひと皿、もうひと皿っておっしゃるもんですから……。

従者2　それだって、籠の中のものが現にどんどん減ってきているんですから、それを見れば気がつきそうなもんじゃありませんか。私たちの分がなくなるって……。私たちは待ってたんですよ、テーブルのあくのを……。それも、誰かが……（亭主を指して）あなたですよ。テーブルがあいたら夕飯にしますからって言ったのは……。

亭主　わかってるよ。だけど、しょうがないじゃないか、喰うもんがないんだから。こいつらが全部喰っちゃったんだから……。

従者1　（突然けたたましく）えーっ？

従者2　何だい……？

従者1　夕飯は抜きかい……？

従者2　それだけじゃない、明日の朝飯も抜きだよ……。

従者1　えーっ？

従者2　昼飯もだ……。

従者1　えーっ？

医者　わかったよ。冷静になろう。済んだことはしょうがない……。（亭主に）つまり、こういうことだ……。

騎士2　（騎士1に）お前さん、まだ何か食べてるのかい……？

騎士1　いや、そうじゃない……。今ここに、ぶどうの種があってね、実が少しついてたんで、しゃぶっただけさ……。（ぷっと種を吐き出す）

医者　だからさ……（亭主に）お前さんがその籠をかついで街まで行って、我々の食料を買ってくるまで待てばいいわけだ……。
騎士2　どうでもいいけどね、お前さん、この際なんだから、そういうものがあったら、みんなにわけてやるべきだ……。
騎士1　そうだったな……。どこかその辺にないかい。まだしゃぶれば、味がするかもしれない……。
医者　（思わず身を乗り出す牧師をとめて）よせ、みっともない……。（亭主に）そういうわけなんだから、早いとこそれを持って……。
亭主　街へ行っても、日が昇るまで市場は開かないよ……。それから買物をしても、ここへ帰ってくるのは、明日の夕方さ……。
牧師　それじゃ、明日の夕方まで私たちは何も食べられないのかい……？
従者1　えーっ？
従者2　いやいや、何かあるはずだよ。（亭主に）お前さんたちの食べる分はほかにとってあるんだろう……？
亭主　ないよ……。
従者1　えーっ？
亭主　探してみりゃあいいじゃないか。何んにもないんだ。全部あいつらが喰っちまっ

たんだ……。（引っこむ）
騎士2　（娘に）おい、楊枝……。
娘　はい……。
騎士1　私にも二本……。
娘　はい……。（引っこむ）
騎士2　どうして二本なんだ……？
騎士1　上顎と下顎では別なものを使うんだよ……。味がまざるからね……。
騎士2　（奥へ）おい、私にも二本……。
娘　（声だけ）はい……。
従者2　（近づいて）いいですか、旦那……テーブルがあいたんでしたらいいかげんに……。
医者　（とめて）よせ……。
従者2　何です……？
医者　放っといた方がいい。今更何か言ったってしょうがないんだから……。そうだろう……？　あれはあれでそっとしといて、我々は我々だけで対策を考えよう……。
牧師　対策ったって、どんな対策があるんです……？

医者　だからね……あの亭主に委せといたら、明日の朝まで買い出しに行く気はないよ……。だとすればさ……。

娘、楊枝を持って現われる。

娘　すみません、遅くなりまして、楊枝です……。(ほこりを払って差し出す)
騎士1　ありがとう……。(受け取る)
騎士2　(受け取って)デザートはないのかい……？
娘　ありません。
騎士2　(皆の方へ)おい、デザートが来たら、それはお前さんたちにゆずるよ……。
従者1　何です……？
騎士1　デザートだ……。
娘　ないんですよ……。(テーブルの上を片づける)
従者2　(従者1に)放っとくんだ……。(引きもどす)
騎士2　でも、ないんだそうだ、残念ながらね……。
牧師　もう少し離れよう……。(と、全員をテーブルから離そうとする)

騎士1　おい、逃げるのか……？
牧師　(ムッとして)何を言ってるんですか、あなた方は……。こういうことになったのも全部……。
医者　いいから……(と、牧師を引きもどし、テーブルから離れながら)我々の内の誰かが、今から街へ行くんだよ。そして、朝になって市場が開いたら……。
騎士2　チーズでよければ、ふたかけらほど残っているよ、どうだい……？
従者2　行こう……。

二人の騎士とテーブルの上を片づけている娘を残して、四人去る。

騎士1　チーズがあるんだよ、おい……。
騎士2　行ってしまったよ……。(娘に) 遠慮深いたちなのかな……？
娘　さあ、どうですか……。
騎士1　(騎士2に)チーズはどこにあるんだい……？
騎士2　そのエプロンのポケットの中さ……。
騎士1　どの……？

騎士2　その……。

　　娘、立ちすくむ……。

騎士1　(娘に)お出し……。

娘　でも……。

騎士2　亭主にそう言われたんだな、隠しとけって……。

娘　……。

騎士1　出さなければ、みんなを呼んで調べてもらうことになるよ……。

　　娘、エプロンのポケットの中から、紙に包んだチーズの小さなかけらをふたつ、テーブルに置く。

騎士1　(懐にしまい)私が預かっておくことにしよう……。

　　娘、食器を持って引っこもうとする。

騎士2　動くんじゃない……。（フォークで、コップをちんちんと叩く）

　　亭主、奥からのっそり現われる。

亭主　何だい……？
騎士2　耳を貸すんだ……。
亭主　耳を……？（不安そうに近づく）
騎士2　きき耳はどっちだい……？
亭主　きき耳って……？
騎士1　お前さん、どっちの耳で聞くんだ、人の話を……？
亭主　両方の耳で聞くよ、俺はたいてい……。
騎士2　それじゃ、どっちでもいい、きれいな方をよこせ……。
亭主　何だっていうんだ、一体……？（一方の耳を騎士2に）
騎士2　これがきれいな方かい……？　ひどいね、どうでもいいけど……。
亭主　痛い……。（飛びのく）

騎士2　いいから……。大げさに騒ぐんじゃない、それくらいのことで……。まだ、話はすんでいないんだぞ……。

亭主　何の話なんだ……。（近づいて）ともかく早いとこ話しちゃってくれよ、よけいなことはしないで……。（耳を寄せる）

騎士2　だからね……。

亭主　痛い。痛い……。おい、何をしたんだ……。（耳を押さえて離れ、そのあたりをころげまわる）おい、お前……。

娘　お父様。

亭主　（うめきながら）おい、早く、薬……。おい……。（奥へ）

娘　お父様……。どうしたんです……。（奥へ）

　奥で、亭主のうめく声、物のガラガラと崩れ落ちる音。《誰か来て、お父様が……》という娘の悲鳴。《何だ》《どうしたんだ》と、人々の走り寄る音……。

騎士1　何を使ったんだ……？

騎士2　これだよ……。（手に妻楊枝を持っている）この先に、例のやつが塗ってあってね……。（小さな紙の袋に入れ、丁寧に懐にしまう）
騎士1　まあ、そういうやり方もあるさ……。
騎士2　そのあたりから、ずーっとこのあたりまで苦しんで、のたうちまわってただろう……？
騎士1　しかし……（ゆっくり立ち上って）私はもっといいやり方を知っているよ……。
騎士2　どこへ行くんだい……？
騎士1　決闘さ、忘れたのか……？
騎士2　ああ、そうだったな……。（これもゆっくり立ち上る）お前さんは、どっちへ行く……？
騎士1　（下手を指して）こっちだ……。
騎士2　それじゃ、（上手を示して）私はこっちへ行くよ……。
騎士1　いいとも……。ぐるっとまわって、出合ったら遠慮なくかかってきてくれ。
（下手へ歩く）
騎士2　そうしよう……。（すれ違って上手へ歩く。ふと立ち止って）お前さんが死んだら、あいつらに何て言ってやろう……？

騎士1　（これも立ち止って）お前さんが死んだら、勇敢に闘って死んだと、そう伝えてやるよ、あいつらにはね……。

騎士2　じゃあ、私もそうしよう……。

二人、左右に別れてゆっくり去る。風が吹く。牧師が現われ、テーブルに坐る。医者が現われ、テーブルに坐る。

医者　死んだよ……。

牧師　知っている……。

医者　耳から血を流していた……。

牧師　これが、どういうことかわかるかい……？

医者　どういうことかって……？

牧師　これでもう、私たちは街へ行って食料を買ってきてもらうことが出来なくなったわけだ……。

医者　誰かほかの人間が行けばいいさ……。

牧師　しかし、市場のある街がどこにあるのか、誰が知ってる……？

従者1と従者2がぼんやり現われる。

従者2　どこへ行きました、うちの旦那は……？
牧師　どこかへ行ったよ、食後の腹ごなしじゃないのかな……？
従者1　決闘です……。決闘をしに行ったんですよ、あの二人は……。
医者　決闘って……何の決闘だい……？
従者1　ですから……。

娘、現われる。

娘　牧師さん、お祈りをしてやって下さいますか、父のために……。
牧師　いいとも……。
医者　何があったんだい、私たちのいない間に……？
娘　何があったのか、よくわからないんです……。ただ、私のエプロンのポケットにチーズがふたかけら入っていて……。

従者1　何が入っていたって……？
娘　チーズがふたかけらです……。
従者2　どこに……？
娘　この……（もうエプロンはしていない）あの……、さっきまでしていたエプロンのポケットです……。
牧師　それで、どうしましたそのチーズは……？
娘　ですから、それを見つけられて、出せって言われまして……。
医者　誰に……？
娘　あの二人の……。
従者1　うちの旦那に……？
娘　ええ……。
従者2　食べられちゃったんですか……？
娘　いいえ、確かポケットに入れて……。
牧師　持ってった……？
娘　ええ……。
医者　畜生……。

従者2　まだ持っているかな……？
従者1　持ってるよ、きっと……。
牧師　（医者に）追いかけますか……？
医者　追いかけてどうするんだ……？
牧師　ですからね……。
娘　あの……お祈りをしていただけますか……？
牧師　ああ、そうだった……。
医者　いや、そうじゃないよ。そのチーズのことはわかったけど、親父さんに何があったんだい……？
娘　ですから二人は、私がチーズを隠していたのは父の差し金だと思って、父を呼んだんです……。
従者2　それで……？
娘　（従者2に）あなたの御主人が父の耳に口を寄せて何か言ったようですけど……とたんに父が耳を押さえて苦しみはじめて……。

風が吹く……。

牧師　（娘に）お前さんがチーズを持っていたのは、親父さんの差し金かね……？
娘　いいえ……。
従者2　それじゃ、親父さんは何も知らなかったんだ……。
娘　今朝の残りを、偶然ポケットに入れて持ってただけです、私は……。
医者　（従者1と2に）お前さんたちの旦那ってのは、何だい……？
従者1　騎士ですよ……。
医者　騎士はわかってるけどもね……。
従者1　それも、遍歴の騎士です……。ただの騎士と遍歴の騎士との違いは、ただの騎士は黙って坐っていても世界はそのままですが、遍歴の騎士は何もしないでいると、それだけで世界が損害をこうむるんです……。だから遍歴の騎士は、いつも諸国を遍歴して、不正を正したり、弊害を除いたりしていなければいけないんです……。
牧師　何もしないでいると、世界が損害をこうむるんだね……？
従者1　そうですよ……。
牧師　何かあると、世界が損害をこうむるんじゃないんだね……？
従者1　違います……。

遠く、風の音にまざって、騎士2の《やあーっ》という声、騎士1の《おうーっ》という声が、かすかに聞こえてくる。

従者2　聞こえましたか……？　決闘がはじまったんですよ……。

従者1　決闘に勝った方が、この娘さんの愛を勝ちとるんです……。

娘　どうですか、牧師さん、そろそろお祈りをしていただけますか……？

牧師　ああ……。（立ち上る）

医者　（これも立ち上って）お前さん、そのことは知っているのかい……？

娘　どのことです……？

医者　だからね、あの二人の、勝った方がお前さんの愛を勝ちとるということをさ……。

娘　知りません……。

娘と牧師、奥へ引っこむ。

医者　愛を勝ちとるってのは、どういう意味だい……？

従者1　以後は、あの娘さんのために、世の不正を正したり、弊害を除いたりするんです……。
医者　（わけがわからないまま）ああ、なるほどね……。
　医者、奥へ。風の音……。遠くから再び、《えーい》《やあーっ》という二人の騎士の声がする。
従者2　（椅子に坐りながら）まだ闘っているよ……。
従者1　（これも椅子に坐って）一晩中さ……。
従者2　腹が減ったかい……？
従者1　減ったよ……。
従者2　もっとも、考えるのはよそう。考えれば考えるほど減ってくるんだ、腹という奴はね……。何かほかにないかい、考えることは……？
従者1　ないよ、考えることなんて……。（もぞもぞと、身体を動かす）
従者2　考えることがないなんてあるはずないじゃないか。人間てのはいつも、何かしら考えているもんなんだから……。たとえば私の場合はさ……。（従者1の身体がもぞもぞしているのに気がついて）何をしてるんだい……？

従者1　いやね、ちょっと、この……かゆいんだ……。（ますますもがく）

従者2　かゆい……？　だろう……？　だったらお前さんは今、そのことを考えてるんじゃないか。かゆいなあって……。つまりね、人間てのは常に……。おい、どうしたんだ……？

従者1　どうしたんだじゃないよ。だから今かゆいんだって……。

従者2　だから今、お前さんは、かゆいってことを考えて……。

従者1　考えているんじゃなくて、かゆいんだ……。おい、ちょっと……どうにかしてくれ……。

従者2　どうにかしてくれって言ったって、どうしようもないじゃないか……。かゆいのはお前さんなんだからな……。

従者1　しかし……おい……。

従者2　どこがかゆいんだ……？

従者1　だから、この……背中の……。

従者2　背中の……？　（よろいに気付いて）これは脱げないのか……？

従者1　脱げないんだ、それは……。

従者2　どうして……？
従者1　カギがかかっていてね。（手で示して）こういうあれは、旦那が持っているんだ……。
従者2　それじゃ、どうしようもないじゃないか……。
従者1　だからね……。
従者2　だからねも何もないよ。この上からやっても何ともないだろ？　（よろいの上からかいてみせる）
従者1　駄目だ、そんなのは……。
従者2　あきらめろ……。
従者1　あきらめろって……あきらめられるわけないじゃないか……。
従者2　我慢するんだ……。
従者1　我慢出来ない……。おい……。
従者2　何かほかのことを考えてみろ……。
従者1　言ってるだろう。考えることなんて何もないって……。
従者2　腹の減っていることを考えたらどうだ……？　お前さんは今、ものすごく腹が減っているんだから……。

従者1　腹なんか減っていない……。

従者2　減ってるんだ、お前さんは……。ゆうべから何も食べてないんだぞ……。おい、本当に、真剣になってそのことを考えてみろ。明日の朝になっても、食べるものなんて何もないんだ……。考えてるか……?

従者1　考えようとしてるけど、考えられないんだ、かゆくて……。

従者2　考えろ。飢え死にしそうなんだぞ、お前さんは……。かゆくたって死にやしないけど、腹が減れば死ぬんだから……。

従者1　おい、駄目だ。やっぱり……。飢え死にした方がいい……。その辺に、何か、棒か何かないか……。

従者2　棒なんて、何んにするんだ……?

従者1　だからね、それをこの、背中に突っこんで……。

従者2　(杖を見つけ)でも、こんなもの、その中に突っこめるわけないじゃないか……。

従者1　それじゃ、それでぶってくれ、この……ここんところを……。

従者2　ぶつ……?

従者1　そうだよ、かまわないから、思い切りやってくれ……。

従者2　こうか……。（背中をガンとやる）
従者1　もっと強く……。
従者2　強くって……。大丈夫なのか……？　（ガンとやる）
従者1　もっと、もっと、もっと、もっと……。

従者2、杖で従者1の背中をガンガンと叩きはじめる。医者と牧師と娘が、びっくりして現われる。

医者　何やってるんだい……？
従者2　（従者1を示して）かゆいんです……。（叩き続ける）
牧師　かゆい……？
従者2　ええ……。
医者　かゆいんだったら、かいてやればいいじゃないか……。
従者2　かけないんですよ。カンヅメの中にいるみたいなもんですから、こいつは……。
牧師　でも、可哀そうじゃないか……。
従者2　頼まれてやってるんですよ、私はこいつに……。

娘　そっちの、出ているところをかいてあげたらどうなんでしょう……。
従者2　ああ、出ているところをね……。
従者1　背中がかゆいんだから、私は……。背中が……。
従者2　（娘に）背中がかゆいんです、こいつは……。
従者1　もっと、強く……。もっと……。

騎士1、闘い疲れ、傷つき、杖にすがって下手よりゆっくり現われる。従者2がそれに気付き、手がやむので従者1も気付く。

従者1　あ、旦那……。
騎士1　おい、いいから、そこを動くな……。私の方からそこまで歩いていくからな……。どうだ……、私の歩いているのがわかるか……？
従者1　わかります……。
騎士1　歩いているだろう……？
従者1　歩いていますよ……。それじゃ、勝ったんですね……？
騎士1　勝った……。出合ったとたんに勝負は決ってたよ……。おい、歩いてるか…

……？

従者1　歩いています……。

騎士1　それじゃ、やっぱり勝ったんだ……。椅子はどこにある……？

従者2　ここです……。それで、うちの旦那の方は……？

騎士1　もうちょっと、こっちへ向けてくれないか……。そこんところを、こう回りこめるかどうかが覚つかないんだ……。

従者2　こうですか……？

騎士1　ああ、それでいい……。（椅子に坐る）

医者　血が出ていますよ、傷の手当てをしましょう……。

騎士1　かすり傷だよ……。

医者　消毒だけでもしておきませんと、バイキンが入るといけませんから……。

従者2　そうしますと、うちの旦那は……？

上手よりゆっくり、騎士2が、闘い疲れ、傷つき、杖にすがって現われる。

従者2　（気付いて）旦那……。

騎士2　落ち着くんだ……。バタバタするんじゃない……。私は生きてるんだからな……。ともかく、私は今、生きて、しかもしゃべっている……。えっ……？　私は今、しゃべっているか……？
従者2　しゃべってます……。
騎士2　じゃ、やっぱり生きているんだ……。でも、喜ぶんじゃないぞ……。相手のことを考えてやれ……。あいつは今、あの暗闇の中で、口から血を吐いてもがいているんだ……。おい、来なくていい……。自分でそこまで行くからな……。しかも、いいか、私はこう……、カーブを切って行って見せるぞ……。
従者1　(騎士1に)旦那、誰と闘ったんです……？
騎士1　誰と……？
従者1　あっちの旦那は、今帰ってきましたよ……。
従者2　(椅子を直して)椅子はここでいいですか……？
騎士2　ああ、そこでいい……。見てろよ、ここから、こう、坐ってみせるところが、何とも見事でね……。(坐る)
医者　(騎士2に)じっとして下さい、傷の手当をしますから……。
騎士2　いらないよ、手当なんか……。

医者　でも、消毒だけしておきませんと……。
騎士1　（騎士2に）お前さん、何だい……？
騎士2　……？
何だいって、何だい……？　（気がついて）やあ、お前さん、そこにいたのか
騎士1　そこにいたのかじゃないよ。お前さん、ちゃんと行ってきたのか、決闘に…
…？
騎士2　行ってきたよ。だって、さっき一緒に出掛けたじゃないか……。
騎士1　それで、勝ったのか……？
騎士2　勝った……。
騎士1　私も勝ったんだがね……、それじゃ、誰に勝ったんだろう……？
騎士2　よく考えてみろよ。もしかしたら負けたんじゃないのか……？
騎士1　しかし、負けてあそこでくたばったんだとしたら、どうして今ここにいるんだ
……。私は、ひとりで歩いてきたんだからな、ここまで……。（従者1に）そうだ
ったろう……？
従者1　歩いてきました……。
騎士2　そりゃそうだな……。しかも、私もここにいるよ……。その上、しゃべってる

従者2　……。(従者2に) さっきからしゃべっていただろう……?
医者　さっきからしゃべってましたよ、ずーっと……。
医者　(騎士2に) 一応消毒だけしておきましたが、後痛むようでしたら、そう言って下さい……。(騎士1に) あなたも……。痛み止めの薬も、少々お高くなりますが、用意してありますから……。
騎士1　ありがとう……。お前さん、チーズを食べるかい……? (懐から、紙に包んだ小さいかたまりを出す)
医者　チーズですか……? (受け取る)
牧師　それはでも、この娘さんが持ってらしたものじゃあ……。
騎士1　(医者に) 早く口に入れてしまうんだ、ひとつしかないんだから……。
医者　はい……。(口に入れて、思わず飲みこむ) うっ……。(と、喉を押さえる)
　　暫くそのまま……。
牧師　どうしたんです……?

医者、ウワアッと口を開き、口いっぱいに血を吐く。血が白衣を真赤にする。口を押さえ、ワアーッと叫びながら、奥へ走りこむ。《どうしたんです》《何だ》《どうしました》というようなことを、口々に言いながら、牧師、娘、従者1、従者2、続いて走りこむ。《ワアーッ》と、ひと声、大きな叫び声があがり、ドタンと倒れる音……。

騎士1　死んだよ……。

騎士2　チーズかい……？

騎士1　いや、バターさ……。バターの中にね、カミソリの刃を一枚、仕込んでおいたんだよ……。

騎士2　そいつが喉を切ったのか……？

騎士1　そいつが喉を切ったのさ……。

騎士2　まるで、滑るように入りこんでいっただろうな……。

騎士1　痛いと感じることが出来ないほどなめらかにね……。

騎士2　しかし、どうなんだい……？　あいつは気付いたかな、死ぬ前に、それがカミソリの刃だっていうことを……？

騎士1　見なかったか、あの目を……？　そこで喉を押さえて棒立ちになった時、あいつはそのことに気付いたよ……。
騎士2　だろうな……。あれは、そういう目だった……。
牧師、ぼんやり姿を現わす……。
牧師　あの……。
騎士1　何だい……？
牧師　私を殺さないで下さい……。
騎士2　何故……？
牧師　何故って……、私はまだ死にたくないんです……。
騎士1　だから、何故死にたくないんだね……？
牧師　何故って言われましても……、ただ、もう少し生きてみて……。
騎士2　何をするんだい……？
牧師　ですから、生きて……。
騎士1　ただ生きてたってしょうがないじゃないか……。

牧師　でも、私が生きていたところで、それほど害にはなりませんよ。私は、ほんのちょっと何かを食べさせてもらって、ほんのちょっと何かを飲ませてもらえば、それだけでいいんですから……。

騎士1　チーズをやってみるかい……？　（懐から出して）もうひとつ、残っていたんだ……。

牧師　いいえ、結構です……。

騎士2　水はどうだい……？　（水差しを振ってみて）まだ少し、残っているよ……。

牧師　いいえ、水も要りません……。

騎士2　それじゃ、お前さん、どうやって生きていくんだ……。ここには、お前さんを生かすものなんて、何もないじゃないか……？

牧師　でも、生きたいんです……。

騎士1　だから、どうやって……？

牧師　どうやってって……、少くとも、殺さなくたっていいじゃありませんか。現に、こうやって生きているんですから……。

騎士2　私たちだって別に、殺したくて殺しているんじゃないよ……。

牧師　じゃ、どうして殺すんです……？

騎士2　殺さないと、殺されるからね……。
牧師　誰が……？　誰があなた方を殺そうとしました……？　私たちは誰も何もしなかったじゃありませんか、あなた方には……。
騎士1　何もしなかったよ……。しかしね、こういうことは知っておいた方がいいから言うんだが……やられてからでは遅いんだ……。
騎士2　つまり、常に先手をとってきたんだよ、私たちは……。先手必勝というやつさ……。
牧師　そりゃあ必勝でしょうよ、私たちはやろうとしなかっただけじゃなく、やろうなんて考えてもいなかったんですから……。少くとも私はそうです、私はあなた方をどうにかしようなんて、これっぽっちも考えていないんです……。
騎士1　それじゃ、やられてもしょうがないな……。
牧師　何故です……？　私は何もしないんですよ、あなた方には……？
騎士2　いいかい、もしお前さんが私たちに殺されたくなかったら、私たちを殺すんだ……。それしかないんだよ、お前さんは……。
牧師　そんなことは出来ません、あなた方を殺すなんて……。
騎士1　それじゃなくちゃ、お前さんは殺されるんだよ、私たちに……。

牧師　駄目です……。
騎士2　駄目じゃないよ、教えてやろう殺し方というやつをね……。（懐から細いひもを出す）これで、私の首を締めてごらん……。
牧師　いやです……。
騎士1　（騎士2に）お前さん、死んでやろうってのかい、こいつのために……？
騎士2　教えてやるだけさ……。
騎士1　甘やかすのはよくないよ……。殺したくないなんて言ってる奴は、殺してやった方がいい……。
騎士2　ほら……、おい、教えてやろうって言ってるんだぞ。このひもの端をその木に結びつけてくるんだ……。
牧師　それで、どうするんです……？
騎士2　どうでもいいから……。

牧師、ひもの端を受け取って、木に結びつける。

牧師　こうですか……？

騎士2　それで、そのひもをこっちに引っぱってきて……そう、それでそれを私の首に巻くんだ……。
牧師　どういう風に……？
騎士2　どういう風にって、お前さん、ひもの巻き方も知らないのか……。こういう風にね……。（と、牧師の首にひもを巻き）それで、まわりながら少し離れて……。（と、牧師を、首にひもを巻きつけたまま少し遠去け）それで、こっちの端を引っぱるんだ……。（引く）
牧師　引っぱるって……？
騎士2　そうしないと死なないからね……。（引く）
牧師　やめて下さい……。（息がつまる）
騎士2　やめたら……（引く）生き返ってしまうよ……。
　牧師、グッと喉を鳴らして、膝まずいたまま、ぐったりとなる。
騎士2　もうひとつ引くと、このまま死んでしまうんだがね……、こいつは学んだかな、殺さなければ殺されるということを……。

騎士1　学んだよ、骨身にしみてね……。

騎士2　それじゃ、死んでも死にがいがあるというもんだ……。（ぐいと引く）

牧師、ウッと小さくうめいて、崩れ落ちる。騎士2、ひもを離す……。風の音……。

騎士1　（付掛けを見渡して）これがお前さんのやり方かい……？

騎士2　そうなんだ……。わかるだろう……？　一方をあそこに結んでおくと、力は半分しかいらない……。つまり、私が引っぱった分だけ、木も引っぱってくれるというわけさ……。物理の原理だよ……。しかもね、このやり方の何と言っても気がきいているところは、殺される奴がこうした仕掛けを用意してくれて、私はただここに坐って待っていればいいというところなんだ……。

騎士1　横着な殺しだよ……。

騎士2　こうした工夫をしなければ、量はこなせない……。（ポンポンと手を打つ）

従者1、従者2、娘、ぼんやりと姿を現わす……。

騎士2　片づけてくれ……。
従者2　またですか……？
騎士1　もうこれで四人ですよ……。
騎士1　しかし、だんだんよくなってきた……。少くともこいつは学んだんだよ、殺されなければ殺されるということをね……。もちろん、その時にはもう遅かったんだが……。

従者2、木に結びつけられたひもを解き、従者1と協力して、死体をかついで去る。

娘　（ややぼんやり）今度は私ですね……？　そうじゃありません……？　（ゆっくりと歩く）あなた方は、今度は私を殺すんです……。いいですよ……。私、殺されます……。血まみれになって、倒れます……。でも、注意して下さい……。私だって、ただでは殺されやしません。下手に近づくと、あなた方の方が怪我をしますよ……。
騎士2　刃物を持っているのかい……？

娘　ええ……。（何やら持った手を、背後に隠す）
騎士1　見せてごらん……？
娘　いやです……。
騎士2　何故……？
騎士1　見せるだけじゃないか……。
娘　……。（手を前にまわし、白いハンカチでくるんだものを出す。ハンカチをとると、カミソリである）これです……。
騎士2　よく切れるかい……？
娘　切れますよ……。父が毎朝、研いでおりましたから……。
騎士1　おいで……。
娘　（後ずさりして）いいえ……。
騎士2　来て、それで私の（喉を指して）ここを切ってごらん……？　いや（騎士1を指し）こいつのでもいい……。（騎士1に）お前さんの方が切りやすいかもしれないな。
騎士1　そうかい……？　（自分の喉を触ってみて）ただ、ここをやるとなると、よほど腕に覚えがないとね……。

騎士2　（娘に）お前さん、一度もやったことがないのかい……？
娘　ありませんよ……。
騎士1　じゃあ（手首を指して）ここの方がいい……。（娘に）ここならね、ひと息には死なないけど（喉を指して）ここほど難かしくはないよ……。ただ、すっとこうやればいいんだから……。
騎士2　（騎士1に）耳のうしろのね、ここんところをやる手もあるんだよ……。ちょっと難かしそうに思えるけど、そうでもないよ……。（娘に）つまり、グサッとこうやった後でもこう……ね、手首を返すのがコツなのさ……。それさえ出来れば……。
騎士1　手首を返すことが出来るんなら、目玉をえぐった方がいい……。第一、この方が派手だよ。
騎士2　派手で言うなら、鼻だよ……。
騎士1　鼻をどうするんだ……？
騎士2　そぎ落すのさ……。
騎士1　いやいや、この際だからね、もっと実際的な……。（娘を見て口をつぐむ）

娘、話を聞いていられなくなり、ハンカチで口をおおって、うずくまっている。従者1と従者2、ぼんやり現われる。

従者1　(娘を見て) どうしたんです……？

従者2　あの子もやってしまうんですか……？

騎士2　そうじゃなくて、あの子が今私たちをやるって言うんで、私たちがそのやり方を教えてやっているんだ……。

騎士1　(従者1に) お前、行ってあの子を手伝ってやれ……。あの子が私たちをやるのを……。

娘、ものも言わずに奥へ走りこむ……。

騎士2　つかまえろ、あいつを……。

従者2　はい……。(追って奥へ)

従者1　何故です……？

騎士1　見ててごらん……。あいつはあの子にやられるよ……。あの子は、手に刃物を持っているんだ……。それも、よく研いである奴をね……。

従者1　(びっくりして奥へ)　おい、お前……。おい……。(行こうとして、悲鳴を聞く)

《いやーっ、やめて》という娘の悲鳴と同時に、グェーッというような従者2の声、続いて、倒れる音……。

騎士2　(従者1に)　行って、見てきてくれるかい……？

従者1、奥へ……。

騎士1　(立ち上って)　別にどうこう言うつもりはないがね、お前さんのやり方は、いつも横着だよ……。

騎士2　そうかもしれない……。私はもう、殺すのに飽きたんだ。つまり、生きていくのにさ……。時々、そんな風に思うことはないかね……？　早いとこ、私たちより手の早いのが現われて、私たちがそう思う前に殺してくれないかなって……。

騎士1　見てごらん……。風車がまわりはじめた……。
騎士2　(これも立ち上って) 風車が……？　風が出てきたのかな……？

従者1、現われる。

騎士1　どうした……？
従者1　死んでいました……。喉をこうえぐられて……。
騎士2　娘は……？
従者1　いないんです、どこにも……。
騎士1　逃げろ……。
従者1　私がですか……？
騎士1　そうだよ……。
従者1　いやです……。
騎士2　それじゃ、私たちを殺すかね……？
従者1　それもいやです……。
騎士1　私に殺されたいのか……？

従者1　いいえ、殺されたくありません……。
騎士2　じゃあ、どうするんだ……？
従者1　巨人ブリアレーオと闘います……。
騎士1　何だい、巨人ブリアレーオというのは……？
従者1　あそこにいます……。今、動きはじめたのです……。
騎士1　あれは風車だよ……。
従者1　いいえ、あれは巨人ブリアレーオです……。あの賢人フレンストンが、私からブリアレーオと闘う名誉を奪おうとして、風車に姿を変えさせたのです……。行けって言って下さい……。行って巨人ブリアレーオと闘ってこいって……。（槍を持つ）

やや、間……。風の音……。

騎士1　（むしろ静かに）行け……。行って巨人ブリアレーオと闘ってこい……。そして死ね……。

従者1、槍を構え、《イヤーッ》と突然けたたましい気合を入れ、それから

《ワアーッ》と絶叫しながら走り去る。同時に、馬のひづめの音が高らかに響き、《ウァーン》という絶叫と共に、次第に遠ざかる。間もなく、馬と従者1の、風車に当る音がし、《ギャーッ》という悲鳴があがり静かになる。風が吹く……。

騎士1　馬鹿な奴だ……。

騎士2　しかし若い馬鹿が、その馬鹿で死ぬのはいいもんだ……。年をとって分別のあるものが、その分別で生き残るのもいいもんだが……。

二つのベッドを仕切ったカーテンにぼんやり灯がともり、娘のシルエットの、着替えをしているのが映し出される。

騎士1　私たちの花嫁が、私たちをベッドに迎える用意をしているよ……。（ゆっくり、テーブルに近づいて坐る）

騎士2　いいだろう……。私はもう、私の分別にうんざりしたよ……。（坐って）冒険の旅は終りだ……。今度こそ私は、呼ばれたらあの娘の見えすいた企みに乗ってべッドに入る……。そして、喉を裂かれよう……。

騎士1　それもいい……。しかしあの子は、その次に私をどうすればいいか、考えつくかな……？

騎士2　考えつくさ……。ともかく今、あの子は必死なんだ……。そして少くとも、私たちを色仕掛けでたぶらかすやり方をひとつ、思いついたんだ……。

カーテンの灯が消える……。

騎士1　灯が消えたよ……。用意が出来たらしい……。行って、間抜けな花婿の役をやってくるんだな……。(ゆっくり立ち上り)長い旅だったよ……。お前さんのもな……。

騎士2　ああ……。

騎士2、近づいてカーテンをさっと開く。

騎士2　……。

騎士1　どうした……?
騎士2　死んでるよ……。自分で自分の喉を突いてね……。
騎士1　……。

騎士2、カーテンをゆっくり閉め、テーブルに戻って、椅子に坐る。風の音……。

騎士2　(テーブルの上に残ったチーズを見つけて)そこにあるのは、チーズかい……?
騎士1　ああ、さっきの奴だ、食べるかね……?
騎士2　もらおう……。
騎士1　ちょっと待った……。(懐から出し)もうひとつあるんだ……。(テーブルに置いて)あの子から二つとりあげて、医者にやったのはバターだったからね……。どっちにする……?(二つ並べる)
騎士2　これがいい……。(ひとつ取る)
騎士2　それじゃ、私はこれにしよう……。

二人、紙をはいで、無造作に口に入れる。それぞれ、相手の様子を見る……。

騎士2　何ともないじゃないか……。

騎士1　何ともないね……。

騎士2　お前さん、何か仕掛けといたんじゃないのか……？

騎士1　私は何もしなかった……。

騎士2　それじゃ、どうして選ばせたんだ……？

騎士1　もしかしたら、あの子が仕掛けたかもしれないと思ってね……。

騎士2　あの子がそんなことをするわけないじゃないか……。

騎士1　その水差しの水を飲んで、看護婦が死んだろう……？　あの時私は、コップの中には何も入れなかったよ……。つまり、もうその時には入ってたんだ……。

騎士2、水差しの水をコップに入れる。騎士2、もうひとつのコップを差出す。騎士2、それにも水を入れる。二人、それをゆっくり飲む……。何ともない……。

騎士2　どうしてそんな嘘をつくんだ……。
騎士1　どうしてそんなに死に急ぐ……？
騎士2　私を殺す気はないんだな……？
騎士1　ないよ……。
騎士2　何故……？
騎士1　もう飽きたんだ……。
騎士2　殺すことにか……？
騎士1　生きることにさ……。そしてね、生きることに飽きたとたん、殺そうという気もなくなった……。

　風の音にまじって、遠く鐘の音がする。

騎士2　鐘が鳴っているよ……。
騎士1　人が死んだからだ……。
騎士2　しかし、私たちは生きている……。

騎士1　しょうがないさ……。
騎士2　いつまでだ……？
騎士1　むこうからやってくるまでだよ……。
騎士2　何が……？
騎士1　私たちを殺す相手がね……。
騎士2　来るのかな……？
騎士1　待つんだ……。

鐘の音……。二人、祈るように坐ったまま……。

騎士2　地球が動いているのがわかるかい……？
騎士1　地球が……？
騎士2　そうなんだ……。こうしてじっとしているとね……。この地球がゆっくり動いているのがわかる……。
騎士1　うん……（確かめて）わかる……。
騎士2　今は、秋かい……？

騎士１　そうだ、秋だよ……。
騎士２　だとすれば私たちは今、ゆっくり冬の方へ動いているんだ……。
騎士１　ああ、冬の方へね……。
騎士２　わかるだろう……？
騎士１　わかるよ……。

二人、凍りついたように、テーブルに向いあってじっとしたまま……。

《暗　転》

解　説

小説家
保坂和志

〈不条理〉という言葉は〈シュール〉ほどではないがほぼ日常語になっている、それが本来の語義にどれだけ正しいかは別だ、いまの若い人たちが〈シュール〉や〈不条理〉を三十年前のような頻度で使っているか私は知らないが、

〈戦争の不条理〉

みたいなタイトルは今でもふつうに目にしている気がする、〈死はつねに不条理なものだ〉というようなフレーズもよく聞く気がする、気がしているだけなのかもしれない。

二十年以上前、週に二回も三回も将棋をやっていた友達がいて、ある日彼は圧倒的優勢だった将棋を私にひっくり返されると、

「不条理だなあ、不条理だなあ、……」

と、〈不条理〉を連発した。その頃、ある芝居を私は観に行き、一緒に行った私より

六歳年上の人が、芝居の途中で、

「これは不条理演劇か？」

と私に訊いてきたとき私は、そういう分類？　ジャンル分け？　理解の手がかり？　そういうことはとても古臭いと感じた。実際私はその芝居を観ながら〈不条理〉とか〈ナンセンス〉というような言葉は思い浮かべず、私は舞台の上の台詞や動きを見たまま聞いたまま楽しんでいた、もっともその芝居が誰にでもわかるとは小鳥の羽ほどにも考えていなかった、しかし〈不条理〉と言えばこの芝居がわからない人も納得するかと言うとそれはまた別だ。

私は今回〈不条理〉ということを考えていて、

〈別役実＝不条理〉

という図式、ラベル貼りはいかがなものかと思っていた、そしたらずいぶん前に読んだ松沢呉一の『エロ街道をゆく』という本のひとつの記事を思い出した、これはエロ、変態、スカトロ、ＳＭなどを著者松沢自身が体験したり密室で目撃したりして書いたもので、著者はたいてい喜々としてそれを書く、しかしその中の一つの記事だけはトーンが違って、動揺したことから書きはじめる、書き方は他の記事と違ってずっと抑制が効いていて、知的で論理的な感じがする、著者はそれを目撃したあと家に帰ると関連する理論書を読んだりもする。

その日密室で松沢呉一は彼の豊富といっていいエロや変態（と世間で称する）の体験を逸脱したプレイを目撃した、そのプレイは過激といえばじゅうぶん過激ではあるが、過激であることには耐性ができていた彼を、思いもしない無邪気さのようなものがあらわれた言葉と行動が揺さぶった、彼はその瞬間に醒めた目で事態の進行を見ることになった。

説明がつかないこと、思いもしなかったことに出遭うと人は不思議なことに理屈にすがる。つまり不条理な出来事を前にすると人は論理的であろうとする。

理屈の通らないこと、予想をはるかに超えたことはこの世界ではひんぱんに起こるわけだが（それが我が身に起こらないことを祈る）、〈不条理〉とはそのことなのか？そのような出来事の前で理屈にすがることとか？

そんなこととまた別に、

「死は生に意味を与える無意味なのです。」

という一文が朝日新聞の「折々のことば」に載っていた。ヴラジミール・ジャンケレヴィッチという哲学者の言葉だそうだ。この言葉についての解説が「折々のことば」に書いてあるが解説を読まずともこの一文をぽんと置かれただけで人はいろいろなことを考える。ともかく死によって生は何らかの場所を与えられる、死は不条理なもの、理不尽なものだがそれによって生が安らうなら、焦燥や煩悩から解放されるなら、あるいは死に向かって流れていた生の時間がそこで静かになるなら、死もまた悪い面ばかりじゃないじゃないか、……。

ところが安らっているはずの死者たちが、静まるはずの時間が静まらずに、生きるよりタチが悪い混乱の中にいたらどういうことになるか？

『ジョバンニの父への旅』はそういう話だと感じた、ただし私のこの書き方は本当は正しくない、私はこの戯曲を読んでいる最中、こういう風に感じているわけではなかった、登場人物（台詞の発話者）が、男1、男2……としか戯曲には書いてないから、何を言っているかはだいたいわかっても、誰がそれを言ったかのイメージがなかった。

それで、登場人物表をコピーしてそれを見ながらもう一度読み直した、私はそれに『銀河鉄道の夜』をちゃんと読んでいない、いちおうあちこちに線を引いてあるので通読はしているが頭にちゃんと入ってない、ザネリといきなり言われてもどんな子だったか憶えてなかった、それで戯曲の再読の前に『銀河鉄道の夜』の方を読み直した、私はこれまで童話というのはそういうものだと思っていた、童話というのはごく自然に水が水晶でもあったりするものだ、ひょいと鳥をつかまえてしまう人が出てくるものだ、ところが〈別役実〉という名前が頭から離れずに読むと童話が別の様相を呈する、なんだかあちこちが不条理な出来事に見えてくる、カフカだって童話としてはじめて読めば、難解なんて言われなかったかもしれない、実際『審判』のアパートの一室みたいなところで開かれた裁判の場面などとても童話っぽい。

戯曲の世界は、二十三年前と昨日の区別がついていない、死者たちの世界だからそうなのでなく、二十三年前と昨日がなんだか混同されているからここは死者たちの世界のようなものと感じられてくる。

男1（ジョバンニ）、男4（ジョバンニの父）とされているが、〈(四) おままごとは昔のままの巻〉の終わりのところでは、

「もしあなたに息子さんがいて」

という仮定の上で二人に会話をさせる、〈(七) 夜は死者たちの時間の巻〉では、男1と男4は父と子という関係にはまったくない。

ザネリは、(四) では、男6が、

「ザネリ……、みんながそう言ってるんだよ、最初に川に落ちた子は、お前さんに突き落されたんだって……。何故なら、その子はいつもお前さんの息子をいじめてたからね……。」

と言う、しかし、

「女3　ザネリがつかまったことさ……。」85ページ

「男1　もちろん、知ってます……。僕は今、ザネリの無実の罪を晴らしてやろうとしているんですから……。それがお父さんの、無実の罪を晴らすことにもなるんです……。」91ページ（A）

「女2　（略）いいかね、ジョバンニ、事実はどうあれ、街の人たちはみんな、二十三年前のあの日ザネリを川に突き落したのは、お前だと思っているんだよ……。」94ページ（B）

ザネリはザネリの親になったりザネリ自身になったりする、ここでは論理学でいう〈排中律〉（XはAか非Aのどちらかである）も〈同一律〉（AはAである）も通用しない。これ、戯曲ではわかりにくいというか隔靴掻痒というか、頭で考えないとわからない、ぼんやりすると素通りしかねないが、舞台で現実に人間が演じていたら、わかりやすくストレートに変な感じがするだろう、

「あれ、この人、さっきザネリの親だと思ってたのに、ザネリなの？」

と。

もっともらしい用語で言えば、〈排中律〉と〈同一律〉の破綻ということになるが、

もともとは行き違いなんじゃないかと思う、射った矢がそのつど違う的に当たる感じだ、引用の（A）（B）、とくに（A）が矢と的の関係がよく出てる。

もともと『銀河鉄道の夜』が、この戯曲を読むとその行き違い、矢の的違いがモチーフ（のひとつ）だったんじゃないかと思えてくる、ジョバンニはその日まだ配達をしていない牛乳をもらいに出かけた、出かけて、全然違う銀河鉄道に乗るわけだが、配達されていないこともまた行き違いの一種だ、そして何より、もともと川に落ちたのはザネリだった、話を縮めれば、「ザネリが落ちてカムパネルラが溺れ死んだ。」この世界は、行き違い、矢の的違い、電話の混線、郵便の誤配と遅配なのだ、と。

原作のラスト間近はこうだ、

「あなたのお父さんはもう帰っていますか。」博士は堅く時計を握ったまままたききました。

「いいえ。」ジョバンニはかすかに頭をふりました。

「どうしたのかなあ。ぼくには一昨日大へん元気な便りがあったんだが。今日あたりもう着くころなんだが。船が遅れたんだな。ジョバンニさん。あした放課後みなさんとうちへ遊びに来てくださいね。」

カムパネルラのお父さんは、ここでばらばら矢を射っている、だいいちこの人は二人が銀河鉄道に乗ったことを知ってるんじゃないか？　悲しみとは別の境地にいる。こんな風に考えるのもこの戯曲を読んだからだ。

初演記録

「ジョバンニの父への旅」
一九八七年五月　文学座公演（紀伊國屋ホール）
演出＝藤原新平

「諸国を遍歴する二人の騎士の物語」
一九八七年十月　パルコ・プロデュース（パルコ・スペース・パート3）
演出＝岸田良二

本書収録作品の無断上演を禁じます。上演をご希望の方は、「劇団名」「劇団プロフィール」「プロであるかアマチュアであるか」「公演日時と回数」「劇場のキャパシティ」「有料か無料か」「住所／担当者名／電話番号」を明記のうえ、〈早川書房ハヤカワ演劇文庫編集部〉宛てにメールまたは書面でお問い合わせください。

本書は三一書房より刊行された『ジョバンニの父への旅』（一九八八年二月）と『諸国を遍歴する二人の騎士の物語』（一九八八年九月）の表題作を文庫化したものです。

本書では作品の性質、時代背景を考慮し、現在では使われていない表現を使用している箇所がございます。ご了承ください。

岸田國士I

紙風船／驟雨／屋上庭園ほか

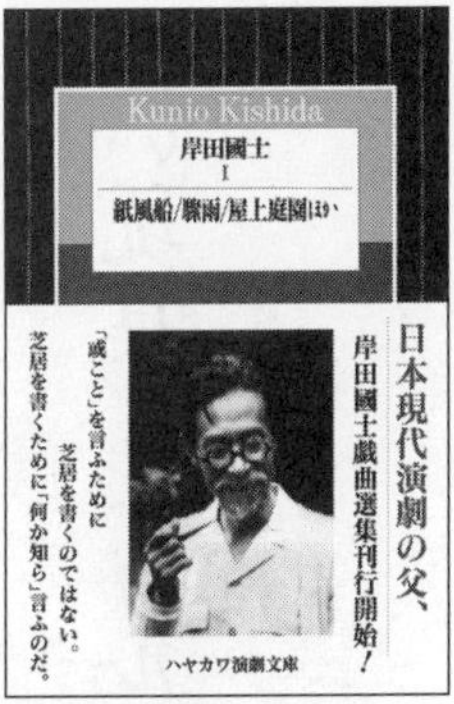

現代演劇の父、岸田國士の戯曲選集刊行開始！ 劇に何が語られているかを問うことは、かならずしも劇それ自身の美を問うことではない。劇が劇であるためにまず何よりも大事なのは、劇の言葉である。つまり劇的文体。岸田國士はこれを「語られる言葉の美」といい、「非」劇の言葉こそ問題なのだと明言した。解説／今村忠純

岸田國士II

古い玩具／チロルの秋／牛山ホテルほか

岸田のデビューは築地小劇場開場と同年の一九二四年。演劇の実験室、民衆の見せ物小屋、新劇の常設館を提唱し、当分の間は翻訳劇のみを上演すると表明した築地小劇場に対して岸田は、外国劇上演のおぼつかない翻訳技術を明らかにした。「対話させる術」を無視した生硬な翻訳文体やそら恐ろしい誤訳となって現れた、そのことを手厳しく指摘していたのである。解説／今村忠純

ハヤカワ演劇文庫

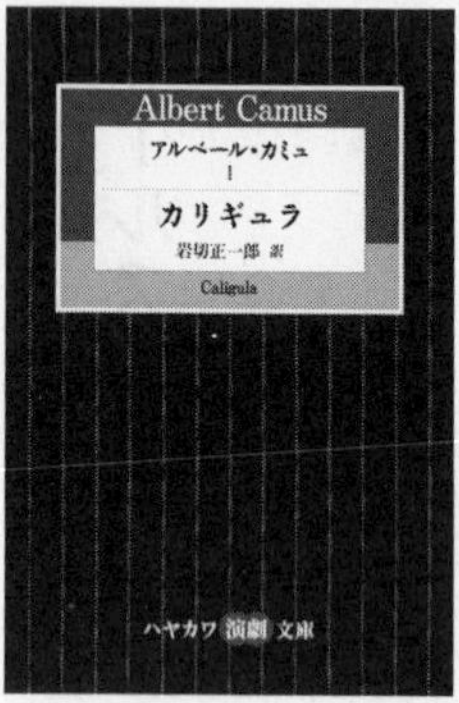

アルベール・カミュⅠ

カリギュラ

Caligula

岩切正一郎訳

解説：内田樹

不可能！　おれはそれを世界の涯てまで探しに行った。おれ自身の果てまで――。ローマ帝国の若き皇帝カリギュラは、最愛の妹の死を境に狂気の暴君へと変貌した。市民の財産相続権の剝奪と無差別処刑に端を発する数々の暴虐。それは、世界の不条理に対する彼の孤独な闘いだった……『異邦人』『シーシュポスの神話』と共にカミュ〈不条理三部作〉をなす傑作、新訳で復活。

ハヤカワ演劇文庫

ニール・サイモンII

サンシャイン・ボーイズ

The Sunshine Boys

酒井洋子訳・解説

人気コメディアンだったウィリーも今はわびしい一人暮らし。マネージャーの甥が珍しく仕事をつかんできた。だがそれは往年の名コンビぶりを見せるもの。あの憎たらしい相方アルとの共演が必須条件。渋々稽古に入るが、目は合わせない、言葉じりをとらえ対立する、二人の意地の張り合いはエスカレート。人生の黄昏時を迎えた男たちの姿を、ユーモアと哀感をこめて描く。

平田オリザI

東京ノート

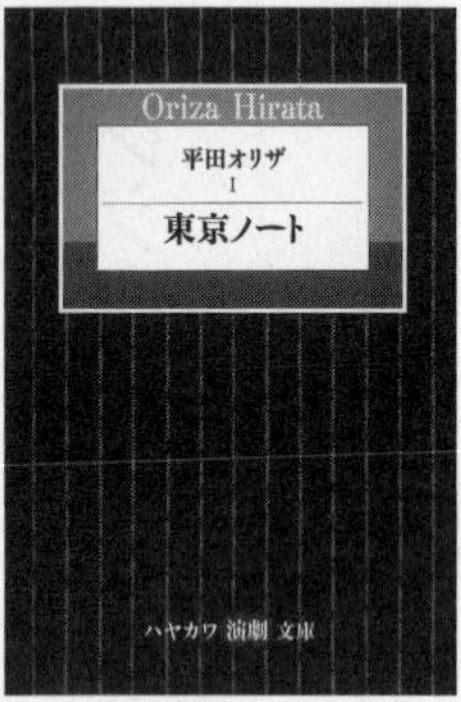

美術館のロビーは、人々が一休みしにやって来ては去る。恋人たち、久しぶりに会う家族、友人同士。彼らが交わす多重奏のような会話の断片は世界情勢から個人の悩みまで照らし出す。戦火が広がるヨーロッパと名画の疎開。故郷で老親を世話する長女を理解してくれるのは誰なのか。淡々とした会話から、穏やかな日常とは裏腹の世界を鮮やかに切り取る岸田國士戯曲賞受賞作

清水邦夫Ⅰ

署名人
ぼくらは生れ変わった木の葉のように
楽屋

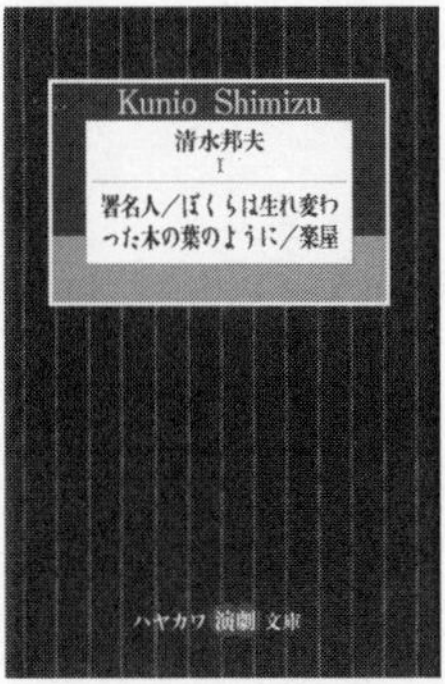

讒謗律に触れる新聞雑誌の署名や投獄を、大金で肩代わりする署名人。民権運動の憂国の志士と同房になり……デビュー作「署名人」。車を民家に突っ込んだ男女と住人の奇妙な邂逅を描く「ぼくらは生れ変わった木の葉のように」。女優達が出番を待つ楽屋。主演女優や枕を抱えた謎の若い女優が出入りし……女優達の凄まじい業を描く「楽屋」。鮮烈な言葉で紡ぐ初期傑作三篇

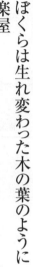

別役《べつやく》 実《みのる》

Ⅱ

ジョバンニの父《ちち》への旅《たび》

諸国《しょこく》を遍歴《へんれき》する二人《ふたり》の騎士《きし》の物語《ものがたり》

〈演劇45〉

二〇一八年十月 十 日 印刷
二〇一八年十月十五日 発行
（定価はカバーに表示してあります）

著者 別《べつ》役《やく》 実《みのる》
発行者 早川 浩
印刷者 大柴正明
発行所 株式会社 早川書房
郵便番号 一〇一 - 〇〇四六
東京都千代田区神田多町二ノ二
電話 〇三 - 三二五二 - 三一一一（大代表）
振替 〇〇一六〇 - 三 - 四七七九九
http://www.hayakawa-online.co.jp
乱丁・落丁本は小社制作部宛お送り下さい。
送料小社負担にてお取りかえいたします。

印刷・株式会社亨有堂印刷所　製本・株式会社川島製本所

ISBN978-4-15-140045-2 C0193

本書は活字が大きく読みやすい〈トールサイズ〉です。